八木浩介は未来形

澤井繁男

未知谷
Publisher Michitani

八木浩介は未来形　目次

八木浩介は未来形

プロローグ

眼科医、八木浩介はベトナムにて無償で治療に当たっている。その活動にたいしてこれまで多くの賞が授与されてきた。例えば、二〇〇七年三月、ベトナム政府より「人民保健記念賞」、翌〇八年には、日本全国学士会より「アカデミア賞」を、平和研究所より「中曽根康弘賞」を受けている。

〇九年には、ベトナムのロイヤルファミリーの皇太子殿下が祖国ベトナムを訪越されたときに謁見の機会を得、ベトナムでの献身的な八木の活動を高く評価され、ねぎらいの言葉をかけて下さった。むろん、握手を交わしながらだ。

その他数々の賞を受賞し、授賞式独特の緊張感や歓びの吐露の方法を身につけてきた。回を重ねるたびに賞を下さった方々への挨拶のコツのようなものをつかんだのか、よどみなく話せるようになった。タキシードを羽織り目の前のマイクを意識せずに、会場のひとたちを分け隔てなく、つまり、顔の向きをいちいち変えながら、ゆっくりとした口ぶりで言葉を放った。浩介はこれを政治家の演説の仕方から会得した。

そういう浩介だったが、一四年三月に開催された天皇陛下とベトナムのチュオン・タン・サン国家主席との宮中晩餐会に招かれたときは、いささか勝手が違っておろおろした。

じつは、二月はじめに宮内庁から電話をもらっていた。三月の診療予定を尋ねるもので、浩介は日曜日しか空いていないと回答した。先方は丁寧に、かしこまりました、と言って受話器を置いた。なんの用事なのだろうと思ったが、日々の忙しさのためすっかり忘れてしまっていた。ところが二月下旬に一通の封書が届いた。封を切ってみると、まさかと目をうたがった。菊の紋章入りの招待状だった。

天皇陛下におかれては、国賓として来日されるベトナム社会主義共和国国家主席閣下及び令夫人をお迎えして、来たる三月十五日（日曜日）午後六時より、宮殿豊明殿において歓迎晩餐を催されますので、ご臨席くださいますようご案内申し上げます。

平成二十六年二月二十六日

宮内庁長官　難波一郎

八木浩介　殿

同令夫人

あっと浩介は叫んだ。どうしよう、ととっさに思った。妻の牧子を呼んで招待状をみせた。

「わたしも同伴なのね」

「そうみたいだ。ぼくひとりでは心許ないから、是非、一緒に来てくれ」

「晴れ舞台ね。おめでとう、コーちゃん。活動が認められたのね。わたしも鼻が高いわ。お義母さんに知らせなくては」

牧子はひとりで舞い上がって、お袋に電話をかけた。先方も喜々としている様子が伝わってくる。だが、浩介はそれどころではなかった。招待を受けたのはこの上なく光栄なことだ。しかし出席に伴う、あれこれの準備のことに想いを馳せると、これは尋常ならざる事態なのだ。なにを着て行くのか？　燕尾服かタキシードか？　靴の色の指定はないのか？　普通のネクタイでいいのか、蝶ネクタイか？　ベルトかサスペンダーか？

普段、とくだん服装にこだわっていないので、頭のなかがパンクしそうだ。もし、浩介にスピーチの依頼がきたらどうしよう？　上がってしまってなにも言えないのではないか？たくさんの不安材料が押し寄せてくる。よもや、欠席することは許されまい。考えてみれば、自分が招かれたのは、日本とベトナムとの医療面での架け橋になっているからだ。決して無視は出来ない招待だ。

だが、宮中晩餐会ともなれば、さまざまなしきたりがあるだろう。それらをチェックして臨まなくてはなるまい。

ネットで検索してみたが、各データの内容はみな詳しく踏み込んでいない。ただ、新書で『宮中晩餐会』という中古品が表示された。一円だ。とりあえずこの本を入手することにした。

新書は二日後に届いた。著者は、元宮内庁管理部大膳課主厨という地位にあったひとで、料理を出す担当者だ。招待者ではないのが残念だが、一冊の新書をものするくらい頻繁に晩餐会に招かれるひとなどいないだろうし、もしいたとしてもそうしたひとが新書を執筆するに足る時間を持っているとは思えなかった。

浩介は診療の暇をみつけては、赤鉛筆片手に読み進めた。意外と面白い。まったくの別世界のことが記されているからだ。

冒頭、招待状のべつが記されている。

国賓（国家主席や首相クラス）、公賓（王族、閣僚、特使）、賓客（公式実務訪問者）の三種類に分けられるという。浩介の招待状には「国賓」とあったから、国を挙げてのもてなしを意味するに違いない。そして「晩餐会」とあるから夕食会のことだ。昼食会だと「午餐」と呼ぶらしい。ふたつとも参加者全員が着席してテーブルに向かっての食事だ。立食スタイルよりも格が高いのは当然のことだ。

つぎつぎと頁をめくっていく。気になる服装の箇所まで一気にきた。主催者が天皇陛下であることは一目瞭然だ。招待状に付されている紋章をみれば察しがつく。菊の御紋が入っていて、それが金の箔押《はくお》しだからだ。となれば、おのずとわかってくるものだ。男性の服装は燕尾服、ないしはタキシード。女性ならロング・イブニング・ドレスだ。そして、晩餐会のドレスは自分をアピールする種類のものではないと釘を刺している。ほとんどの男性が蝶ネクタイをするが、これは顔全体とのバランスが難しく、顔の大きい日本人がすると滑稽にみえるらしい。したがって、結びの部分が小さいもののほうが、フィットするのだという。加えてズボンはサスペンダー使用とされている。さらに忘れてならないのが「勲章」だ。浩介は二〇〇七年にベトナム政府より「人民保健勲章」の叙勲を受けている。そのときの勲章を、右の肩から左にかかるようにつける。勲章はこうした席にあって、ひとつのステイタス・シンボルを顕わす。所有しているのならつけていったほうがよい。

この手の新書は実用書の部類におさまるのだろうが、未知の世界を覗かせてくれてじつに興味津々だ。

準備が整い当日がやってきた。

浩介と牧子は新書に書かれているとおり、タクシーではなくハイヤーに乗車して皇居に向かった。大宰府からは前日に上京して東京で一泊している。二十分まえに着くのが理想的だと記されている。

車が到着すると、まず控えの間に案内された。「春秋の間」と呼ばれているらしい。椅子が用意されていて、かなりの広さの部屋だ。だが、だれも座ってはいない。ピンと張りつめた空気がみなぎっている。こういうときに知り合いがいれば、どんなにこころ強いことか。新書にはたとえ、はじめての挨拶でも名刺は出さないようにと助言している。口頭で充分だという。

燕尾服を着た係官が、銀のトレイに、シェリー酒、ビール、トマトジュース、オレンジジュースといった飲み物を運んでくる。各グラスは御旗ご紋付きの小振りなものだ。

浩介と牧子は、オレンジジュースのグラスを手に取った。このような要人たちに囲まれて、どう対処してよいのか、わからなかった。誰かに気安く話しかけるのも気が引けたし、かといって、突っ立ってジュースを飲んでいても場が保《も》たない。早く正餐のときがやってこないものか。

するとと係官が、

「ただいまからご案内申し上げます。皆さま方こちらへ」

と声を上げた。いっせいに緊張が走った。

「両陛下とサンベトナム国家主席が、隣の石橋《せっきょう》の間におられます。順番にご案内いたしますので、謁見の儀、よろしくお願いいたします」

ゆっくりとだが、順々に呼ばれていく。浩介にいつごろ声がかかるかまったくわからない。

やがて、呼ばれた。隣接している石橋の間の入り口には係官が立ち、なかには、両陛下が主賓夫妻を挟むようなかたちで立っている。その背後には式部官長が控えている。

名簿に沿って、ひとりずつ、夫婦であれば一組ずつ呼びあげられる。

浩介夫婦は五番目だった。

浩介は天皇陛下にたいして、新書に書いてあるように四十五度上半身を傾けてお辞儀をし、次にサン国家主席のまえに立った。

「ベトナムのために、心から感謝いたします」

ねぎらいの言葉を賜った。

続いて隣のサン国家主席令夫人から、

「ベトナムの医療のためにご尽瘁《じんすい》くださってお礼いたします」

浩介の献身的な行為が評価された瞬間だった。

最後に隣の美智子妃殿下に挨拶しようとしたら、皇后さまから、

「素晴らしいお仕事をベトナムのひとびとのためにされていて、感激いたしました」

「は、はい」

応えた浩介は手が皇后陛下の両手に包まれていることに気づいた。あたたかい。胸が詰った。

このあと豊明殿にてフランス料理のコースを供されるのだが、牧子と同じテーブルなのに隣同士ではなく、面と向かっての席で困惑した。新書にそう書いてあったが、まさかほんとうだとは思えなかった。そして続けて、会話をかわすのは左右両隣のひとのみとあったが、これも事実のようだ。

著者は大膳部の方なのに、晩餐会についてよく通じていた。出席まえに読んでおいてよかったと思う。

食事のマナーはこれまで何回もこなしてきたから、うまくいったが、まだ、皿の上に料理が残っているのに下げられたことがあった。どうしてか？　と戸惑ったが、陛下の食事のスピードに合わせていることが観察しているとみえてきた。

食事が一時間半ほどで終わると、陛下と国賓からのお言葉があった。そのあとにシャンパンでの乾杯だ。ここが普通の宴会と違う点だろう。

お腹が充たされているので、浩介は酔わずにすんだ。アルコールに弱いので、最初に乾杯があったらどうしようか、と不安だったが、これも新書どおりだった。浩介夫婦は粗相なく過ごすことが出来た。

第Ⅰ部

1　ベトナムへ

浩介がベトナムにおもむくきっかけとなったのは、まったくの偶然だった。母校である京都府立医科大学が主催した国際臨床眼科学会に出席していた折、ベトナムの眼科医から声をかけられたのがすべての発端だ。

そのベトナム人は女医だった。ベトナム訛りのきつい聞き取りにくい英語で、

「わたし、グエン・ティ・ビンと申します。突然で恐縮ですが、八木先生、あなたの噂は耳にしています。日本でも五本の指に入る『網膜硝子体《もうまくしょうしたい》』の専門医であることを。そこでお願いがあります。わが国では網膜硝子体の治療技術、とても、遅れています。後生ですから、その技術をベトナムの眼科医に教えていただきたいです。そのほかにトラコーマや角膜・結膜炎疾患の患者さんが多数いるのですが、眼科医療が行き届かない状況で、多くの方々が失明しています」

この窮境を伝える誘いに浩介の胸にはときめくものがあった。一種の直感とも言えようか。親父の口癖が脳裡をよぎった――「他人《ひと》の役に立つことをせよ」

「すこし考えさせて下さい。そのお気持ちは大切にさせていただきます。もし行くと決めても、こちらにもいろいろの段取りがあるので、時間が必要です」

浩介はスムーズに発音できかねる英単語の羅列でとにかく言い終えた。

「わかりました。前向きに考えて下さるようでハッピーです」

三十過ぎにみえるビン医師は応えた。「前向きに」の箇所に相当する英語は「コンストラクティッド」だ。「建設的に」が本意だ。浩介は四浪していたので、予備校でしこたま英文解釈をこなしてきた。習った文脈にそってこなれた日本語にする作業が活きていた。すると女医が付言した。

「ベトナムはあのベトナム戦争やその後カンボジアとも戦い、祖国をやっと再建している最中です。日本のように豊かではありません。大勢の患者さんたちが手術を受けられずに失明しています。なんとか手を差し伸べていただきたいのです」

両掌を合わせて懇願する。浩介はベトナムが仏教国だったかと首を傾げた。これはあとでわかったことだが、ベトナムは多宗教国とのことだ。つまり「国教」といった意味での「宗教」は存在しないらしい。また、「宗教」と「信仰」が区別されているという。「宗教」は、超越者にたいする社会的営為であるが、一方「信仰」とはもっと広い意味での祈りをさしているという。現在十二の宗教が認められているそうだ。言うまでもなく、ベトナムは最終的には北ベトナムが南ベトナムを呑み込むかたちで成り立った、社会主義国だ。社会主義国に「宗教」は不要と言われているが、ビン医師の要請の仕方には明らかに「宗教心」が宿っていた。

父の葬儀のときにはじめて自家の宗派を知った浩介に宗教心の微塵もないのは自分でもわかっていたが、他人の祈りにも似た切望には胸打つものが感じられた。こころが独り歩きして、浩介の将来が発展途上国の眼科医療の進展に尽力するものになるのではないか。

「ひとの役に立つことをせよ」——親父の言葉が再度脳裡を掠めた。しかし大宰府市の聖ルカ病院の眼科で働いている浩介には重たい決意を要する難題だった。

大前部長先生に告げるまえに、大阪で独り暮らしをしている母に電話で話してみた。

母親は大反対だった。眼科の医局に進むときも賛成しなかった母にしてみれば、日本をはなれて、戦争で名の知れた未知の国への渡航など許せぬものだったに違いない。妻の牧子は二、三か月ならよいとしぶしぶ認めてくれた。牧子の真意を浩介は熟知していた。三歳になる娘、真子《まこ》と自分とが、日本に取り残されてしまうのではないか、という不安にかられているのだ。

次のハードルは現在お世話になっている聖ルカ病院の大前先生だ。聖ルカ病院の眼科は大勢の患者をかかえていた。毎日が戦争のようだ。医師は部長と浩介の二人だけだ。打診が恐怖に思えた。浩介としても勤務して三年が経ち、患者さんたちとも意思疎通が容易になってきて、平俗的な表現だが「あぶらの乗ってきた」時期と言えた。

ベトナムの女医への回答期限も迫ってきたある日、浩介は意を決して部長に打ち明けた。

「ヤっちゃん、正気か。なにそんなあほなこと考えている？　ダメに決まってる。患者さんのなかにも八木ファンがいるのに」

予想通りの返答だ。浩介の勤務時間といえば、日曜日の休みを除いた月曜から土曜まで、朝の七時から夜の八時頃までで、手術がはいったら真夜中の十二時まで従事することもあった。自分が聖ルカ病院の眼科で大切な任に当たっていることは百も承知だ。しかし、ベトナム行への想いが着実に頭をもたげてきていた。

「部長、ぼくの代わりをみつけてくる、という条件ではいかがでしょうか？」

「なに寝ぼけたこと言っている。代行者などザラにいるものではない……。そんなにベトナムに飛びたいなら、わたしに辞表を出してから行けばよい」

数日後、浩介は辞表を提出してきっぱりと聖ルカ病院に別れを告げた。

進退窮まったというのでなく、みずからを追い込んだと言ってよいだろう。

つくづく思う。あの学会でもし、マレーシア人医師に会ったらマレーシアに、インド人医師だったらインドに、アフガニスタン人だったらアフガニスタンにおもむいたことだろう。浩介に鷹か鷲のような意気軒昂な鳥の魂が憑依していたのかもしれない。鳩や雀であってはならない。蒼穹を勇躍と舞う鷹か鷲でなくてはならなかったのだ。

ヨーロッパの地理には詳しかったが、アジア地域には疎かったので、書店でさっそく高校生向けの『基本高等地図』を買い求めた。地図で国の位置を調べるまえに、センター入試を世界史選択でこなした浩介はとうぜんのごとく「ベトナム戦争」を想い起こしていた。地図を購入するにおよんではっきりと南ベトナムと北ベトナム、それにアメリカ軍が加わった数十年にわたって繰り広げられた、東南アジアを舞台とした残虐な戦争のことが想起された。

わざわざ地図を買うよりも「ベトナム戦争」の当事国だということに気がつけばなんのことはなかった。それでもせっかく入手した地図だから、東南アジアの頁を開いてみた。「インドシナ・マレー半島」という頁に大きく掲載されていた。ベトナムはインドシナ半島の東側にへばりついている感じで南北にのびていた。中国とラオスとカンボジアに国境が接していて、トンキン湾と南シナ海に面している。

浩介は忘れかかっている歴史の知識をつむぎ出そうとした。しかし、ベトナム戦争という戦争が起きたことくらいしか思いつかなかった。それも新聞やテレビなどのメディアを介しての平板な情報しか持ち合わせていなかったので、戦争の真相などに考えはおよびもしなかった。高校の世界史の授業では現代史まで進むことはまずない。四年間過ごした予備校での、それも夏期講習に「現代史」の講座があった。浩介はとうぜん受講したがもう忘却の彼方だ。けれども、有力な都市名が「サイゴン」から「ホーチミン」に代わっていることには気がついた。ホーチミンが北ベトナムの指導者名であったことも。首都はトンキン湾に面してはいないがそれほど内陸でもない、北部にあるハノイであることも。

地図と一緒にベトナムにかんする書も選んで買った。それほどの点数が出版されているわけでないのは承知していた。大手の書店に設けられた歴史書の棚にも東南アジア関連の書籍は雀の涙くらいだ。失望しながら眺めていると——こういうことって起こり得るのだろうか——本のほうから浩介の目に飛び込んできた。目を見張った。『よくわかるベトナム戦争』と題された四六判の単行本だ。さっそく引き抜いて頁をめくってみた。数頁みて行くとタイトルにある戦争のことばかりではないことに気づいた。

人口と面積、気候、地形、人種、宗教と言語、歴史（第二次世界大戦以前・以後）——と初心者への目配りも周到だ。

そのなかで「気候」がいちばん気になった。「南・北両ベトナムを分けるラインが北緯十七度線であることから熱帯に属している」、「気候はモンスーン（季節風）によって左右される。原則的には夏が雨季で、冬が乾季となるが、海沿いの地方では冬であっても雨は多い」、「気温としては、平地では年間を通じ二十六度～三十二度のあいだで、その差は極めて小さい」

これはたまらないな、と一瞬思った。このような地域での治療行為でからだが保《も》つかどうか。

ベトナム人の女医さんの話し方から推察するに、十中八九、病院の各部屋にエアコンの設備などないのではないか。あっても院長室とか手術室くらいだろう。ベトナムについて知ればば知るほど、荷が重くなってきた。

浩介は一九六四年生まれだ。ベトナム戦争のまえにはインドシナ戦争があり、それ以前は大日本帝国の植民地だった。日本軍は当時フランスに支配されていたベトナムを解放した、ということになっているが、実情はその後植民地にしてしまい、フランスの統治下だった頃よりも苛政を布いたという。浩介は政治に詳しい学生ではなかったけれど、日本軍の仏印進駐とか、フィリピンやインドネシアを、西欧の国々による植民地支配から解放したことは知っている。しかしその後の統治形態が神社を建立したり、日本語教育を強いたりして、大日本帝国の皇国教育や支配理念に無理矢理そうものに仕立てたファッショなものであったことくらいは認識していた。中国にたいして起こした「事変」も侵略目的の意図的なものであり、宣戦布告もせずに満州に押し入った。これらのことは予備校での現代史の講義で、講師が熱っぽく語ってくれた。右とか左とかの政治信条はおいて、こうした事実が史実となって遺っているのを知悉《ちしつ》せねばならない。

大学の講義の教養課程の授業で国際関係論を担当している壮年の教授がいた。その最初の講義で、「アジアにも地中海があるが、さてどこだと思うか」と問いかけてきた。日本ならば、瀬戸内海が相応だろう。アジアと言われてみるとてんで光がともらなかった。

「君たちは、欧米のことには通じているでしょうがアジアのことになるとお手上げでしょう」と教授が教壇から睥睨した。「フィリピンのひとは何語を話していると思いますか？　英語とタガログ語を標準化したフィリピン語です……さて、さきほどのアジアの地中海、わかりましたか？　南シナ海です。地図を広げればすぐに得心がゆくはずです。インドシナ半島、マレーシア、インドネシア、フィリピン、それに中国に囲まれた大海です」

浩介はあっと思った。正鵠を射ている。

「わたしたち日本人はアジアの一地域に暮らしているにすぎないのです。アジアという視点で今後は考えていく必要があります。ですが、日本のことを『極東』とか、アラブ地域のことを『中東』と呼び慣わしたのは、明らかに西欧中心目線での話で良い気分にはなりませんがね」

教授はそう言って、持参してきた世界地図を杭《くい》に掛けて下ろした。南シナ海が前面に広がった。そのときの光景が蘇ってきた。その講義は月曜日の一時間目だったせいで、その一回しか受講しなかったが、いま思えば潜在意識のなかにくっきりと刻み込まれていたようだ。

ベトナム戦争は、一九六一年一月一日に勃発し、七二年四月三十日に終結している。浩介が満八歳のときに戦いは終わったことになる。年端もゆかない子供の頃だが、いま長じてその国に向かおうとしている、この不可思議さをどう表現したらよいのだろうか。さらにベトナムはそれ以前にも、古くは秦王朝から攻め込まれ（後四〇年）、元にも攻撃されている（十三世紀）。ふたつのその侵攻をベトナムはそのときどきにふさわしい指導者が現われてみな撃退している。アメリカも言ってみれば同類なのだ。ベトナム人の心底には、外国からの侵入を許さないという強固な心根が培われているのだろう。

それに引き換え、と言っては理にそぐわないが、浩介は一介の眼科医にすぎない。その浩介の腕を見込むひとがいてそのひとの国があって、浩介は旅立とうと準備をしている。四十歳を目のまえに控えての新たな出発だ。

三十八歳になった二〇〇二年四月九日、ついに浩介はベトナム行きの航空機のひととなった。

未知の土地への渡航ゆえの不安と期待の入り混じった異様な感覚に見舞われた。また、自虐的かもしれないが、旧日本軍が過酷な統治で臨み、住民に苦しみを与えたという負い目があった。そうしたことは払拭すべきことなのかもしれない。かつての統治国の眼科医に治療を要望するくらいなのだから。しかし、ひょっとして、と思い当たるのだ。どこの国から依頼があってもおもむくというのは本心だが、昭和初期に多大な惨劇を加えた国からの誘いであったからこそ引き受けたのではないか、と。なるほどベトナムにかんしては無知の極みだった。でもどこかで嗅覚が働いていたのだとも思われる。

ともあれ、旅立ったからには四の五の言えまい。浩介の拠りどころと言えば、磨き上げた技術と、臆面もなく一か八かの賭けにたいしての情熱なのだ。新たな半生のスタートラインに立ったわけだ。決まっているのは、宿泊所となるホテルとハノイ国立眼科病院に勤務することだけだ。

窓から下界を見わたすと福岡の街がさいころのようにどんどん小さくなってゆく。

いまごろ牧子は空を仰いでこの旅客機をみやっているだろうか。それとも賃貸マンションのベランダで、始めたばかりのミニトマトの世話でもしているだろうか。たとえ短期間とはいえ、妻と愛娘の真子のことが案じられた。

ベトナムはベトナム人ばかりではないだろう。中国系やインドネシア系やマレーシア系のひとたちが入り混じって暮らしているに違いない。何年かまえ、たまたまテレビでベトナムで使用されているオートバイのことを報じていた。「ホンダ」と言えば、バイクの代名詞だという。もちろん「ホンダ」は日本の有力自動車メーカー名だ。バイクの生産でも名が通っている。

画面には狭いアスファルトの道路を蟻が群がるようにホンダが走り去ってゆく場面が映し出されていた。アナウンサーが、渋滞の街ハノイ、排気ガスの充満するハノイ、と述べていた。首都ハノイでこうなのだから、南のホーチミン市でも同様だろう。バイクが移動の最適手段なのだ。これに車が加わったら、とそこまで考えて、浩介はひと息ついた。戦後の高度成長期の日本社会と酷似しているのではあるまいか。排気ガスが満ちている街のすさまじさ。ハノイの人口が六五〇〇万人にまで膨れ上がったのは、ベトナム戦争後の復興の速《すみ》やかさを示すものだろう。好景気な経済、政治的安定のもたらす平和――いまこそベトナムがいっそう光を発する好機なのだ。

しかし、社会が平和と経済だけで成り立たないことは自明だ。教育・福祉・介護、そして医療といった分野での進展度合いも見逃せまい。加えてもちろん、ライフ・ラインであるインフラも。

学生時代、医療人類学という興味を惹く講義があったので受講した。女性の非常勤講師で、聡明な方だった。彼女はまず、「医学」と「医療」のべつを教授してくれた。このふたつの違いは存外見過ごしがちなテーマなのだろう。

「医学」とは、世界中どこででも通用する近代自然科学の一分野を指す。一方、「医療」とは、地域ごとに異なっているもので、それぞれの地方の現実が反映されている、個別なものだ。両者を混合してはならない、と講師の先生は結んだ。

けれども、ベトナムでは「医学」の面でも遅れをとっている気がしないでもない。それでなければ浩介に声が掛かるはずがなかったであろうから。「眼科」という「医学の一分野」の知識を充分現地の医師たちは身につけているのだろうか。基礎から修正し直さなくてはならないかもしれない。そして次に心配なのは「医療」の面だ。日本の医療は都道府県全部のいずれについても、一定の水準が維持されていると言っても過言ではないだろう。

無医村地域が存在する負の要素は免れないものの、近隣の中核都市におもむけば診断は可能だ。おそらくベトナムでは、その中核都市でさえもきちんとした医療体制にはいたっていないのではなかろうか。

熱帯地域というベトナムの風土に思いを馳せてみた。国民の労働意欲は、どの程度のものなのだろう？　噂ではベトナム人は勤勉で、その甲斐があってベトナム戦争以後の復興には目をみはるものがある、という。けれども、それはおそらく土木面だろう。医療や福祉、教育といったソフトな分野はまだまだに違いない。

覚悟すべきだろう。

雲のなかを飛行している旅客機内で、これから待ち受けているはずの煩雑な作業を想い浮かべながら、やがて睡魔に襲われていった。

2　ハノイ国立眼科病院

想像していたよりひどかった。

ハノイの街はすさまじい渋滞だ。独楽鼠のようなバイクが、乗用車やバスのあいだを駆け抜けていく。騒音に排気ガス。それらが一緒くたになって攻めてくる。テレビ・ニュースでみた北京のように、ＰＭ2.5のような排気ガスにおおわれて、昼なのに暗闇に包まれた街が連想された。それほどではないにせよ、マスクが必要だと思った。

浩介は地図を片手にとにかく歩いて、泊まる予定のホテルに向かうことにした。外国旅行でいちばん大切なことは、街中を歩くことだ。まず街の雰囲気を知り、それを全身で感ずること。次は街の結構を把握すること。行き交うひとたちの歩度を見分けて、街の置かれている政治的・文化的位置を読み取ること。この三つを為し遂げれば、もうその街の一員だと言えよう。

三番目がいちばん至難で、浩介のようなこれまで定着型一辺倒で過ごした人間にとって、容易ならざる課題だ。

ホテルは存外早くにみつかった。ハノイの中心街からそれほど離れていないところに、その六階建ての建物が、周囲の平屋の家々を圧するかのごとく屹立している。ホテルを予約してくれたのは、かの女医さんだ。浩介は勤務地である国立眼科病院になるたけ近い場所を要望しておいた。

チェックインを済ませる。ボーイが荷物の三分の二を持ってくれる。三か月の滞在予定だから荷物は膨らんで、サムソナイトが二つに、リュックがひとつという出で立ちだ。五階の五〇三号室に案内された。扉を開けると同時に室内に明かりがともった。ベッドがひとつ、部屋の半分を占めている。小さなテーブルとそれをはさんで籐椅子が二脚、しつらえてあった。チップをわたすとボーイはすぐに出ていった。ベッドに大の字に横たわった。窓際の上にエアコンが設置されている。うれしかった。おそらく熱帯夜が続くであろうと予想を立てていたので、エアコンの存在意義は大きかった。起き上がってスイッチを入れた。リモコンをよくみると、日本のメーカーのマークがついている。なぜか胸が躍った。静かな波の音を立てながら、冷風が流れてくる。

シャワーを浴びる。湯船がない。シャワー・ヘッドだけがぽつんと壁にかかっている。ここはやはり日本ではない。便器も同じルームにある。驚いたことにウオッシュレットだ。ありがたい。当時の日本のホテルでもウオシュレトは稀だった。たぶん外国人用の特別なホテルのようだ。日本料理も食べられるかもしれない。そう思うと、疲れがどっと押し寄せてきた。

シャワーで身を浄めたからだにガウンをまとうと、今度は猛烈な睡魔に襲《おそ》われた。しぜん、ベッドに倒れてうつぶした。

勤務医としてつぎつぎに患者を診ているせわし気な自分が夢に現われた。それは確かに夢なのだ。まるでスーパーマンのような活躍ぶりだ。待合室の患者は優に百人を超えている。彼らを順番に診てゆく。手抜きは許されない。どの患者とも真剣勝負だ。浩介の腕を信じて来診するひとたちの思いに応えなくてはならない。毎日がこの繰り返しだ。それがいつの間にか生きがいになっていた。やっと帰宅できる時間は、もう九時をまわっていた。牧子が食事に手をつけずに待っている。早くそこへもどらなくてはいけない。先に食べていてくれ、といくら訴えても彼女は首を縦に振らなかった。

外は夕暮れ時だ。濃い群青色の熱帯の空が窓から望める。窓はロックしてあって、開けられない。虫を入らせないためだろう。空腹を覚えたので地下のレストランに降りた。広い空間だ。案の定、屋台が出ていて、日本料理店もある。とりあえず、寿司を皿に盛る。野菜サラダ、パスタ、たこ焼き、八宝菜、シュウマイ、とのせていく。日本蕎麦屋の店が露天形式で、出ている。

席につくとひたすら食べる浩介がいた。味をかみしめるなど問題外だ。牧子をむさぶる姿と重なった。

食後、コーヒーで一服すると、明日のいま頃には国立眼科病院で診療に当たっている自分を想い描いた。国立……とあるからには設備等、きちんと整っているだろう。ホテルから歩いて十分のところにあるはずだ。診療時間は九時からだが、八時にはホテルを出ようと考えている。

翌朝目を覚ましたのは五時半だ。いつものように『眼科の基礎知識』第四章の「感覚器」の頁をめくる。医師もナースも熟知している事柄が記されている。復習なのだ。つねに初心に還って自己点検する必要がある。つぶやきながら目を通してゆく。

網膜はスクリーン、水晶体はレンズ、水晶体が白く濁ると白内障、視野が狭まる緑内障、目の内部の大部分を占めるのが硝子体、そして自分は網膜硝子体の手術を専門とする者。角膜、虹彩、毛様体、網膜中心動静脈、視神経……。鉄道で電車出発の際、駅員が腕を上げて合図を送るように、基礎知識の確認は浩介のポリシーなのだ。

朝食を摂りに地下のレストランに向かう。浩介は一言で称せば大食漢だ。そして朝食がいちばんおいしい。朝ご飯を簡単に済ますことなど考えられない。

朝食こそ「金」であって、昼食は「銀」、夕食が「銅」なのだ。日本での勤務で、日中、食事にありつけないときなどザラにあったが、朝食を充分に食べていればこと足りた。あとは夜半過ぎまで続いた折には、近所の大衆食堂でカツカレーを食べた。これで生きた心地がする。ご飯を大盛りにしてもらって、無我夢中でかき込んだ。牧子にはいつも自分を待たずに先に済ませておくように伝えていた。しかし、首を長くして待っていて、帰宅後、浩介は無理をしてでもさらに詰め込んだ。

ホテルの朝食はバイキング形式だ。パンとミネストローネ、それに野菜に果物。牛乳や各種のジュースも並んでいる。とにかくたくさん皿に取って、席についてがっついた。米のご飯を、もう懐かしく思っている。三か月、保《も》つだろうか。昼食時には、職員専門の食堂があるのだろうか？

急ぎ足で病院に向かった。勤務医たちが待ちくたびれていたとしたら、済まないと思うからだ。四月だというのに、速足だとじわじわと汗が垂れてくる。熱帯性気候を肌が敏感に感じ取っている。

病院の玄関までくると、さすがに気持ちが引き締まる。六階建ての大きな建物だ。回転式扉になっている。洒落ているな、と思いながら押してなかに入ると、あのビン先生が待っている。

「よくいらっしゃって下さいました」

握手を求めてきた。

「はい。やってきましたよ、ついに」

浩介は満面に笑みを浮かべた。

「さあ、もう患者さんたちが待ちくたびれています。更衣室や眼科の外来はこの一階にあります。準備してください」

英語で話した。

「わかりました」

こう応えると、彼女は浩介の上着の袖を引っ張って、更衣室まで連れて行った。途中の廊下にあふれんばかりのひとたちが並んでいた。さすが国立眼科病院だ。圧倒される患者数だ。目のかたちがそれを象徴している。片方の目がつぶれていたり、白目であったり、ビー玉がはまっていたり、等々。

人数は百におよぶかもしれない。これはエライことだ。悪夢が現実になっている。聖ルカ病院でも一度にこんなに患者は来院しなかったからなおさらだ。更衣室に入るとむっとした。廊下もそうだったが、案の定、冷房の設備がない。汗みずくのまま上着を脱いで、さっそく緑色の手術着に着替えた。手術の予定が入っているのかどうかも知らされていなかったが、万が一に備えてのつもりだ。

マスクをして診察室に入った。ナースが二人いてぼさっと突っ立っている。

「アー・ユー・レディー?」

と言うと、患者を呼び入れた。席につくや、ベトナム語で盛んになにかを訴えてくる。通じるはずがない。ナースに訊くが、ナースのおぼつかない英語では一向に要領を得ない。とにかく診察にかかった。白内障だとピンときた。緑色の手術着に手を通しておいてよかった。すぐに手術に取りかかる。準備をするようにナースに命じた。白内障と、世界共通の医学用語で告げたのに、理解していない様子だ。

浩介は隣の手術室に移動した。メスなどの器具の保管所のなかをうかがった。観音扉形式の扉を開けてびっくりした。メスの先端がサビついているのだ。二の句が継げなかった。国立の病院、それも眼科専門なのに、この不用意さはいったいどういう意味なのか。手術に必要な器具はふだんから、いつでも使えるようにしておかなくてはならない。あたりまえなことだ。浩介は日本にいないことに、ここで改めて気づかされた。なんということだ、ベトナムの医療とは、と口のなかで転がした。

幸いメスは数本あって、二本だけがサビに侵されていた。ほっとした浩介は、手袋をはめ、使用可能な極小なメスを一本手にした。隣室のナースに患者を連れてこい、という意味の仕草をした。ナースは浩介の身振りを理解したようで、早速、年老いた農婦と思しいその女性の肩に手をかけて、手術室にいざなった。

浩介は改めて手術室のなかを見わたした。

機材が日本で用いているものより十年以上遅れている。患者が腰かける椅子も、平たい言葉で言えば、おんぼろなのだ。

期せずして溜息がもれる。仮にも「国立」という名を冠した、それも「眼科」の専門病院でありながら、この始末。器具がよくなければ、手術の成果にも限界がある。これから行なうのが白内障の手術だから、それほど気にはならないが、浩介の専門とする網膜硝子体の手術などはとても出来ないだろう。

とりあえず、と臍を固めて患者に相対した。麻酔を点眼して三分間待った。目の上下の淵をバネ式の開瞼器《かいけんき》で押さえて、つねに開いている状態にしておく。

いま浩介が向かい合っているのは手術用顕微鏡だ。これを覗きながら極小メスを動かしてゆく。最初に茶褐色に濁った水晶体にメスを差し入れ、患部の硬直度を確かめながら、適切な深さで止めた。次に、切開部に超音波を発する筒状の器具（超音波プローべ）を差し入れる。それで患部を砕いて白内障で硬くなった水晶体を取り除く。これでおしまい。普通の医師なら七分くらいかかるが、浩介に必要な時間は二分ほどだ。一丁上がりである。

聖ルカ病院で働いていたとき、患者にはなるたけ目を動かさないようにと助言した。どうしても動いてしまう患者には、眼筋の周りに麻酔の注射をすることもあった。少し痛いらしい。

「手術中は、一点をぼうっとみている感じにしてください。寝てしまうとかえって眼球が動いてしまいますから」

術後、患者さんが言ったものだ。

「先生、虹色の光がきらきらみえました」とか、「器具が入ってくるのが影となって映りました」とか。

麻酔の切れた農婦の目には光がともり視力が回復したようで、ありがとう、と浩介の手を握った。眼科医冥利に尽きる瞬間だ。

白内障は眼科の手術のなかでも割と簡単な部類に属する。ひと昔まえ、手術後、目を動かすことが禁じられていて、患者はじっと上を向いたまま、患部が癒えるまでベッドの上に釘づけにされたという。手術用の顕微鏡と超音波を流す機材が出来てからは技術が格段に進歩した。

最初から手術の必要な患者だったから、緑の手術着に着替えておいてよかった。超音波の出る機材が揃っていたことは僥倖《ぎょうこう》だった。

続々と患者が呼ばれてくる。ひたすら治療に専心する。ハノイの奥の遠い村からやってくるひとたちも多かったし、そのひとたちは治療費を持っていなかった。順番を待たずして、それを理由に帰ってしまうひともいるらしい。結膜炎、近視、乱視、老眼、といったありきたりの病気のひと、そして緑内障に白内障のひとも……

ナースたちははっきり言って役に立たなかった。ただ突っ立っているだけで、積極性に欠けていた。日本では信じられない光景だ。昼時になると、無言で診察室をあとにした。呼び止めたが振り向きもしなかった。すべての現象が静止する。どうしたのだろうと思っているところへ、例の女医が現われた。

「いまから昼休みですから、ドクター八木も休憩してください」

英語で言った。それから、

「午後の診察は二時からです。それまではナースたちに声をかけないでいただきたい。わたしたちも仮眠をとるので、よろしくご配慮をねがいます」

なにを寝ぼけたことを言い放っているのだろう？　待合ロビーにはまだたくさんの患者たちが待っているのに、仮眠とは何事か。

しかし、これが熱帯性気候で暮らしているひとたちの生活なのだろう。浩介はそれに疎《うと》かったまでだ。それにしても、二時間も休憩を取っていたら、百人を優に超える患者たちはさばけまい。手前味噌だが、日本から腕の立つ医師がやってくるとみなに報せがいったのかもしれない。その日は、ベトナム人医師担当分の患者がみな浩介のほうに流れたようだ。うれしいことだが、それくらいベトナムの眼科医が信用されていないことの証《あかし》となる。

ひょっとしたら、患者を診るだけではなくベトナム人医師の養成もしなくてはならないかもしれない。記憶をたどると、かの女医がそうしたことを言っていた気もしてきた。そこまで考えて、ふと自分が汗だらけになっていることに気づいた。手術室にも診察室にもエアコンが整備されていないのだ。

浩介は地階の職員食堂に降りて、日本のうどんみたいな料理を食べた。美味だった。アジアに共通する味か？　それにしてもカツカレーを無性に口にしたかった。だが、経験上、昼メシは軽く済ますのが理想的だ。食べすぎると午後の診察時に睡魔に襲われるからだ。手抜きはいっさい禁物。プロはプロの仕事をしなくてはならない。

患者数からみて、午後は一時から診療を再開すべきだ。ナースたちは二時から出てくるというから、ひとりふた役だ。処置室にもどると、午前中に使用した器具の洗浄を始めた。一時に間に合わせるように、多少の焦燥感を抱いた。ナースには英語が通用しなかった。ドクターレベルだと英語で意思疎通は可能だけれども。浩介の口から出る英語は、受験英語だ。四浪の成果がこんなところで役に立つ。文法的に正確で、構文重視の会話だ。要は通じればよいのであって、流暢の有無は関係なかった。

午後いちばんの患者を呼んだ。カルテはベトナム語で書かれていた。せめて英語ならば……。

やってきた患者は右目がつぶれた壮年の男性だ。身なりは粗末だ。異臭さえ漂ってくる。椅子に腰かけると、右手の親指と中指の先端を結んで0のマークを示した。

治療費が払えないのだ。男性は膝をもじもじさせている。

決断しなくてはならなかった。午前中の患者のなかにもこの種のひとがいたに違いない。費用の支払いは、浩介自身が負担しよう、と。お金のあるなしで、病気のひとを区別してはいけない――「他人《ひと》の役に立つことをせよ」――親父の言葉が蘇ってくる。

そのときつとひらめいた。日本で稼いで、その分をベトナムの貧困なひとたちのために使う、というのはどうだろう？　聖ルカ病院ではもう雇ってはくれまい。武者修行のつもりで浩介の腕を信じて主に手術を任せてくれる病院や医院をさがすのだ。

そう考えると胸が躍った。今回は三か月で帰国しよう。だが、また舞いもどってこよう。日本で浩介の技術を必要としてくれる医療現場には積極的におもむき、ひたすらお金を手にするのだ。将来は必須である器具もそろえなくてはなるまい。たくさんの課題がある。それらをこなしてゆく覚悟は出来つつある。経済は上向きでも、医療は低空飛行をずっと維持しているベトナムのために一肌脱ごう。

午後二時頃、ナースがふたり現われた。目をまるくしている。自分たちの仕事を浩介がやってしまっていたので、手持ち無沙汰なのだ。仮眠してきたらしくすがすがしい面持ちだ。浩介は手で合図して、患者を招き入れるよう指示した。やっと動き出した。

初回のその日に診た患者の数は百名を越えていた。過重労働といったところか。最後の一名を診察し終わったときには、やはり安堵の吐息がもれた。浩介も人間だ。限度というものがある。

ただしここベトナムではまだホテルに帰れない。浩介が治療を続けているうちに、ふたりのナースが帰ってしまったのだ。後片づけが残っている。彼女たちは勤務時間以上、つまり残業をしない。

ここは意見の分かれるところだろう。仕事は決まった時間内に終わらせること――そうした計画性を抱いて治療に臨むべきであること。他方、居残っている、勤務時間内でさばき切れなかった患者を放置するのではなく、全員を診ること――勤務時間外の作業が入用なこと。浩介は性格上、後者だ。自己犠牲とも偽善とも、後ろ指を指されもしよう。しかし、困っているひとを放ってはおけない。これからベトナムのひとたちとどういうふうに接してゆけばよいのだろうか。苦慮せざるを得ない。

同じアジアの国なのにこんなに医療の質に差があるなんて、どういうこっちゃ、と大声で叫びたくなる。フランスによる植民地支配や、仏印進駐でフランスを追いやって日本の管理下におかれたこの国では、占領国の気配りが医療までまわっていないのであろうか。政治と教育の面だけに治世は絞られているとしか言いようがない。近代医療の伝統が築かれていない。

それに昼時の「仮眠」制度。……しかし、と浩介は恩師である山川教授の言葉を思い浮かべる。「イタリアを旅したときには、昼時から三時頃まで休憩時間なんだ。するどい陽光に照らされていては、ひとは働く意欲を失うものらしい。シエスタと呼ぶそうだよ、この習慣を」とイタリア旅行の話をしてくれた。

「制度」でなく「慣習」なのだ。イタリアで許されてベトナムで認められないわけはないだろう。身についた「習慣」を辞めさせるのは一筋縄ではいくまい。浩介ひとりだけが踏ん張っても、と肩を落としてしまう。「郷に入れば郷にしたがえ」なのだろうか。

医師とナース。このふたつの歯車がほどよく回転しないと医療はスムーズには運ばない。ここは折れるべきなのかもしれない。明日はどうなるだろうか。

3 協調

ハノイのひとたちは、朝、六時には起きているようだ。市民のステイタスは貯金して日本製のバイクを購入することだ。大きな通りもバイクの渋滞と排気ガスで煙幕を張られている。ヘルメットなど誰もかぶっていない。二人乗りはざらだ。びっくりしたのは、運転手の父親が子供ふたりをまえに乗せ、後ろに母親が赤ちゃんをおんぶして、といった五人乗りが平然と行われている光景だ。

小さなとき胡坐をかいた親父にだっこしてもらった際の、温かい思い出が蘇ってくる。どの国でも家族愛が見受けられるのだ。子供を「おんぶ」している母親に目をやって感ずることは、「おんぶ」が日本のみならずこのベトナムでも、おそらく子育てのときの習慣となっているのではないか、ということだ。

欧米人には「おんぶ」の慣習はない。これも受験英語の英文に出てきていた。だが、現在、その「おんぶ」が見直されて来ている、という。それは肌と肌の触れ合いが子供に成長と安堵感を植え付ける最たるものだということが研究結果として認められたからだ。腕で赤ちゃんを抱くとき、たいていのひとは左腕を使う。これにも意味がある。左腕でだっこすると、赤ちゃんは母親の心臓の鼓動をしぜんと耳にして、ほっとするのだという。親と子供の不可思議だが微笑ましい話だ。これもどこかの大学の入試問題で出題されていたものだ。浪人生活で得たこうしたマメ知識がこんなところで飛び出すとは！

早朝からの「出勤」から察するに、ベトナム人が働きものだということがわかる。日本の高度成長期の活気と同じ躍動感が街にみなぎっている。排気ガスもあたりまえなのかもしれない。そう思いながらも、ホテルから病院までマスクをせず徒歩で通ったが、ついに咽喉をやられてしまった。気管支炎に違いない。医者の無養生というが、まさにそうだ。マスクをしていればよかった。日本にもこうした時代——大気汚染（公害）——があった。四日市のそれはとても有名だ。すっかり忘れていた。自己管理の手薄さによる痛手だ。

スポーツで鍛え上げた肉体だが、頻発して出てくるこんこんという咳に対抗できない。それでも気管支炎くらいなんともないと思い定めて、毎日、国立病院に通った。なにせ、患者の数は一向に減らないどころか、噂を聞きつけてやってくるひとたちの数も莫迦《ばか》に出来ない。医師としてこのままだと、やがてわが身が喘息《ぜんそく》になるだろう。だが、浩介はそれをみずから強引に打ち消した。目の不自由なひとを救うこと。これが第一義なのだ。

二週間を過ぎる頃、妻のことがしきりに脳裡をかすめた。日本を離れるまえの晩に交わったあのしびれるような快感が、疲れてホテルにもどると想い起こされた。健康な男にとって、妻との交わりが出来ないことは苦痛だ。ホテルに着いたその日の夜に、牧子が整えてくれたほうのサムソナイトのなかを調べていると、コンドーム一箱がみつかった。あっ、と思った。牧子の苦渋の決断なのだろうか。苦慮の果てに違いない。箱をあけてみた。十個入っている。使ってもいいという許可なのだろうか。

このホテルに寝泊まりし始めてから、夜の十時頃になるとノックがあって、ドアを開けると、年端の行かない女の子がたたずんでいて、阿《おもね》るように一心に浩介を見つめるのだった。

浩介は十時前後をひっそりと待った。

ある夜、十時を二十分ほど過ぎたとき、ドアからノックの音が聞こえた。すぐに開けた。廊下の電気の灯りと部屋の明かりで女をみつめた。小柄で、美人が多いといわれるベトナム女性のなかで、やはり妍《けん》としてひと目を惹く顔つきだった。浩介は迷ったが、やはり閉めた。牧子の貞節に応えなくてはならない。

寝るまえに浩介はシャワーを浴びた。このシャワーもじつに気まぐれで、三分くらい経つと、突如、湯が出なくなってしまう。水に切りかわるというのならまだわからないでもないが、停止してしまうのにはいつもいらいらする。

病院でのスタッフたちの粗雑な勤務内容と、このシャワーの効率の悪さはよく似ている。ナースたちに患者を進んで迎え入れるという意欲がない。社会主義政権下の国に共通の課題だろうが、働くことへの意気込みが出来上がっていない。笑顔もみせないし、のろのろと作業に当たる。

指導教授の山川先生がかつて講義中の雑談で、ソビエトの航空機「アエロフロート」のことを話してくれた。北回りでヨーロッパに行けるし、運賃も他社にくらべて安価だ。でも、座席についてたまたま天井を見上げると水滴がついていた、という。なにかがもれているのだ。けれども、機内放送はなされない。客室乗務員の愛想のなさには、普段、日本の旅客機を利用している先生にとって、その差異の大きさにあきれ果てたという。ただ、付け加えて言うに、日本の場合、サーヴィス過剰なのではないか、と思ったとも。

毎朝、七時には病院に到着できるようにホテルを出る。ベトナムにきて一か月半も経つ頃には、浩介の噂を聞きつけたのか、毎日多数の患者たちが廊下に列をつくって、早朝から待っているようになった。海外からやってくる医師が二週間したら帰国してしまうのに、この日本人の医者は居続けている。一風変わった輩《やから》だ、くらいに現地のひとには映ったのかもしれない。

待っているひとたちのあいだを潜り抜けるように進んで、診察室に入る。ナースはきていない。遅刻ではないが、心がけというものがあるだろう。患者本位になっていない。彼女たちは、人間がひとを助けるように出来ている、ということを理解していない。医療は特殊なサーヴィス業だ。ボランティアとは違うが、浩介はベトナムでボランティア活動をしていると思ってしまう。貧しいひとびとからは診察料を受け取らず、当方に請求書をまわしてくれる段取りだ。ベトナムの基幹産業である農業を営む人口の大多数が貧困にあえいでいる。その実態を目の当たりにしたとき、浩介の腹は決まった。医師免許を取得してのち、三十八歳になるまで、出身大学の外来や病棟、それに長崎大学付属病院や聖ルカ病院で修行を積み、それと同時に給与をほとんど貯蓄に当ててきた。牧子が財布を握っていたし、浩介もウインドサーフィンくらいしか趣味がなかったので、二人の希望は一軒家を購入することに決まっていた。大病院や中規模の病院での宿直のアルバイトもした。医師の夜勤のバイト料はかなりもらえる。みな貯金にした。

浩介は普通の勤務医として、一般のひとが想い描く同じ夢を抱いて働いてきた。そのうち網膜硝子体の手術でなぜか名が知られるようになっていた。

ベトナムで貧困層の診察料や手術費を肩代わりする気になったのも、日本での貯金があるからだ。牧子ならわかってくれるに違いない。

ナースたちがやってくるまで、本来なら、彼女たちの分担である、器具の確認と設定、古くなったものは新品に変えなくてはならない。時代遅れの手術器具の点検等々を、みな浩介がやった。これがいいことなのかどうかはわからない。浩介の気持ちはより早い診察の開始に向かっていたのだから。

八時半から診療を始めた。その頃ようやく出勤してきたナースたちは、目を白黒させている。だが、ぼうっと突っ立っているだけで、準備に取り掛からない。浩介は英語で強く口走った。

「アー・ユー・レディ?」

これくらいなら通じる。だが、手術中に医療専門用語の入っている構文的に難度の高い英語を使っても、意味を解してくれない。だから、あれをしろ、これはしなくてもよい、といった身振りを交えねば伝わる英語しか用いなかった。

やがてナースたちにも浩介にもストレスが溜まり始める。

浩介はみずから退路を断ってしまった気になっている。きたからには中途半端には終わらせたくない。からだ全体が重たく気怠く感じられるようになっていったが、ふとしたことなのだが、患者やナースたちが話すベトナム語の片鱗が把握できるようになっていた。相手には日本語でなくもっぱら英語でコミュニケーションを取っていたが、浩介にはベトナム語で返答がなされていた。耳が慣れてきたようだ。

数日後、そうか、と膝を打った。なんのことはない。浩介がベトナム語を学べば済むことなのだ。日本人然としていないで、学習者になればよい。「郷に入れば郷に従え」、「合うよりも合わせろ」だ。そのように思いいたるや、にわかに、口許がゆるんだ。

山川先生が語っていた——他人を変えようとする傲慢な思いなど棄てて自分が相手に合わせるよう努力したら、気が楽になる。人間とは一朝一夕で変化するものではない、と。

この警句を胸の奥のどこかにしまっていた。にわかに頭をもたげてきた。まず、ベトナム語を勉強すること。それから、いくら働いても甲斐がないとみなしている、社会主義国のもとで仕事をするナースや若い医師たちに、「患者の目を治すことが彼らの願望に応えることであり、それが次の仕事の意欲や動機となってゆくこと」を明示することだ。

ベトナム人の患者は、そのほとんどが、もはや手遅れという段階になってはじめて治療に訪れる。ベトナム人医師が投げ出してしまうのもとうぜんだろう。彼らにはそこまでの技術がないからだ。日本の研修医のほうが力量が上だ。

帰国まで一週間と迫ってきた日、ベトナム人医師が浩介の手技を見学にやってきた。その唐突さにおどろいたが、彼らは真剣な眼差しを浩介に向けて、なにか喋った。えっ、と耳を傾けた。浩介の理解を越えたベトナム語だが、どこかに伝わるものがあった。

「スピーク・イン・イングリシュ」問いかけてみた。するとひとりがまえに出て、

「ウイー・ウッド・ライク・トゥー・ラーン・ユアー・スキル」

ベトナム・イングリシュで告げた。そうか、勉学にきたのか、とやっと得心がいった浩介は、遠慮はいらない、と習いたてのベトナム語で返答した。その日から浩介がハノイを発つ日の前日まで、見学が続いた。四十を目のまえに控えている身に、いつの間にか、自分の技量を若いひとたちに伝えていきたい、という芽が萌し始めた。

ベトナムを訪れて、三か月、その最後の一週間ほど充実したときはなかった。

積極的に学ぼうとする彼らに応えられるよう、気を引き締めて相対した。その結果、彼らも、ベトナムでの機材が時代遅れのものだと察してくれた。新たな機具を購入するときがきている。全員が一致した。これほどよい手土産はなかった。

4　日本での行脚

四月上旬に日本を離れた浩介は三か月後、ちょうど梅雨入りのまえに帰国した。成田に降りたつといの一番に、カツカレーを食べた。食いしん坊の浩介にとって、正直、ベトナムでの三か月は、治療と食事との戦いだった。

フォーと呼ばれるベトナム風うどんは、麺類好きの浩介をとりこにした。幸い、付近は食堂街だったので、一軒一軒まわって味を確認し、よかれ、と思う店には毎晩通った。しかし、カツカレーを凌ぐ料理にはお目にかからなかった。カレーの味に好みはあったが、カツが一緒だと味は二倍になってどのカツカレーも堪能できた。

それから妻の牧子に電話を掛けた。

「帰ってきたのね。待ちくたびれたわ」

「ごめん、ごめん。ベトナムでは超多忙で、電話をする暇があったら、ベッドで休んでいたよ。これから帰る。それから」

浩介が次の言葉を言いあぐねた。コンドームありがとう、と伝えるつもりだった。でも、止めにした。使用しなかったからだ。


九州大宰府市の自宅には、その日のうちに着いた。行きはサムソナイト二個におさまっていた荷物がふくれ上がって、全部で四つになっていた。土産のほか持ち出し禁止の患者のカルテの類いもあった。次に洗濯し忘れた衣服や下着、などなど。

「お帰りなさい」

牧子の声は澄んでいる。

「やっと、わが家」

くたびれ声。へなへなと三和土《たたき》で倒れ込んだ。

「コーちゃんったら、しっかりして」

「……ああ、大丈夫だよ。張り詰めた糸がプツンと切れたみたいだ」

「緊張の毎日だったのね。さ、早く靴を脱いで」

「まず、風呂に入りたい」

「わいてるわよ、さあ」

「そうか。ありがたい」

「向こうではシャワーだけだったんでしょう」

「図星だよ。何度、湯船につかりたかったことか。大げさな言いようだが、風呂は日本文化の最たるものだな。その日の疲れがいっぺんに取れる」

「じゃ、早く」

「わかった」

そうして浩介は湯煙り立つ風呂場へと向かった。湯につかりながら、この三か月が走馬灯のように脳裡を駆け巡った。記憶に落ち着きがなく、一点から一点へと即座に移ろっていく。一日百人近くの患者を診察し、手術も施した、身をけずる思いをした自分の姿。要領の得ないスタッフたちとの確執。ハノイの汚濁した大気。帰国一週間まえにやってきた、若いベトナム人医師たちの紅顔と意欲。

なにかが少しずつ変わろうとしている。また渡航しよう。そう帰国の途に就くとき決意していた。ビン女医は、浩介に国民の目の治療のみならず、医師の育成も要望してきたことが蘇る。

両者とも積み残してきた。浩介の気性が許さなかった。

このことをまず牧子に告げなくてはならない。顎まで湯に浸って考えてみる。ベトナムでは一銭も治療費を取らなかった。その分の補塡を日本でしなくてはならない。どうしたらよいものか？　聖ルカ病院にいまさら雇ってもらうわけにもいくまい。どこかべつのクリニックをさがすか、大きな病院で短期間働くかのいずれかだ。

ただし専任になってはもともこもない。ベトナムで無償の仕事をする分以上を日本で稼がなくてはならないからだ。いろいろと考えを巡らせてみた。家族の生活費のこともある。浩介は独り身ではないのだ。すると、なぜ牧子がコンドームをサムソナイトの底に忍ばせてくれたのか、に思いがおよんだ。牧子の貞節を想うと使用できなかった。気配りのよい牧子、浩介の濃厚な性欲を知悉しているがための処置なのか？

湯船から上がって垢こすりをした。ぼろぼろ落ちてくる。手拭いでごしごし肌を削りながら、先刻の件を想い浮かべる。アルバイトしかない。それも患者（ファン）がついてしまう長期間のものは避けるべきだ。どうしたらよいだろう？　牧子に相談するのも一考だ。彼女は機転が利くから、なんらかのヒントをもらえかもしれない。

入浴後、自分の案を持ちかけた。それって本気なの？　と即座に返ってきた。浩介は大きく頷いた。

「冗談じゃないわよ。ベトナムでいくら稼いできたのよ。日本よりくれるの」

帰宅後すぐに風呂に入った浩介はベトナムでの経緯《いきさつ》をまだ語っていなかったのだ。深呼吸すると順序立てて噛んでふくめるように話した。

「浩介さんは、いつの間にか聖人君子になったのね。もうコーちゃんなんて気安く呼べないわね」

「誤解しないでくれ、そういうことではないんだよ」

「……どうゆうこと?」

「日本との医療格差が激しすぎて直視していられなかったんだ」

「あたりまえだわ。それを承知の上で旅立ったんじゃないの」

牧子の語調は鋭い。

「いやあ、覚悟を越えていた」

「ふーん。それでベトナムのひとたちのために滅私奉公するっていうわけね」

浩介は、滅私奉公とひそかに胸中でつぶやいた。いや、違う、そうではない。でもはっきりと説明できない。

「牧子、ぼくはもどかしいよ」

「よく言うわ。あきれてしまう。コーちゃん、あなた、亡くなったお義父《とう》さまのこと、オレの親父は勤務以外の日も働いた、滅私奉公の男だった、となじっていたじゃないの。それなのに、いま、あなたがそれを実践しようとしている。矛盾してるわ」

牧子の意見に浩介は下を向いて唇を噛んだ。そう、浩介は父の浩一郎を牧子のまえでかつて責めたことがあった。ふたりのあいだにしばし沈黙があった。

「……こうしようと考えている。日本の病院やクリニックでパートで働き、そこでの給与を貯めて、家計費とベトナムでの生活費にあてる、と」

「ご立派なことだこと」

「おちょくらないでくれ。真剣なんだから」

「コンドーム生活も待っているしね」

返す言葉がなかった。牧子がこんな皮肉を言う女だとは想像してもいなかった。やはりコンドームはある種の試金石だったのだ。

「感染はしてほしくなかったから」

「だけど、ぼくは一個も使わなったよ。箱をみればわかることさ……それで、これからパート先を探そうと思うのだけど、なにかいい案はないだろうか」

「自分でお考えなされば」

「そう言われると身も蓋もない。助けてほしい」

「勝手なひとね」

「…………」

「……求人募集の逆をやってみたら？」

「というと」

「売り込むのよ。パートで雇ってくださいってね。毎月送られてくる『眼科医たちの広場』の求人欄に記事を載せてもらうのよ」

「なるほど。いいかもしれないな」

思った通り妙案を出してきた。『眼科医たちの広場』は、『日本眼科医学会誌』という専門誌と違って、少しくだけた内容で眼科医に対象を絞った、エッセイや近況報告を兼ねた読みもの雑誌だ。眼科医ならたいていこの二冊を講読しているはずだ。

浩介は正直に書くことにした。


私、八木浩介は眼科医療の発展途上国ベトナムで、主に貧しくて正規の治療を受けられないひとたちのために無償で診察・手術に当たっています。今後の予定としては、一か月を、日本・ベトナムでそれぞれ二週間ずつ診断・手術に振り分けたいと愚考しています。私には専任で仕事をする医療機関が日本ではありません。前述のような経緯で治療を行なう私としましては、専任の地位ではなくパートにて仕事をしたいと希望しています。得意分野は、眼底部分（とりわけ、網膜硝子体の手術）です。どうか、私の活動に賛同をして下さる、病院や医院の先生方からのご一報をお待ちしております。どんな遠方でも進んでおうかがいいたします。当方の住所並びに電話番号は――
八一八―××××　福岡県大宰府市××××。電話　〇九四四―五九―××××番、です。

牧子にみせた。

「いいじゃない。簡潔でまとまりがいいわ」

「賛意を示して下さる先生がいるかどうかが勝敗の分かれ目だな」

「そうね。来月号に間に合うかしら」

「ぎりぎりだろう。速達で送ってみるよ」

五日後に編集部から連絡が入って、「みんなの通信」という投稿欄に掲載が決まったという。単純にうれしかった。

次回のベトナムでの治療方針として、午前中に診察、午後の時間を手術に使うつもりでいる。午前の診断で、即手術という患者が結構な数に上るに違いないから。

贈られてきた『眼科医たちの広場』の「みんなの広場」には、浩介の書いた文章が載っている。誰か気づいて助力してくれることを望むだけだ。

三日後、一本の電話がかかってきた。浩介が出た。

「八木先生ですか？　『眼科医の広場』で拝見しました。わたしは福島県の郡山でクリニックを営んでいる越田と申します。先生の記事に感激しました。うちに立ち寄って下さいませんか？」

「はい、歓んで」

即答した。

「いつご都合がつきますか」

「いつでも結構です」

はじめてのオファーだ。いずれの日でもよいに決まっている。

「それでは今週の金曜日に。クリニックは郡山駅前ですからすぐにわかると思います」

「承知しました。それで事務的な話ですが、時給はいかほどでしょうか」

小声になっている。

「そうですね。五万でいかがでしょうか」

さっそく時間数と掛け合わせてみる。

「結構です。患者さんは一日、どれくらいですか」

「手前味噌で恐縮ですが、毎日、残業せざるを得ません。わたし独りでは手がまわらない状況になっています。是非、ご助力いただきたい」

一日、八時間は優に超えるだろう。

「手術を担当した場合には、一回につき七万、いただけますか？」

なかなか返事が返ってこなかったが、ついに、

「……了解です。先生ご専門の眼底を悪くした患者さんも多いので、お任せします」

「ありがとうございます。今後ともよろしく」

「こちらこそ」

先方が受話器を置いた。ぷつん、と音がする。浩介は受話器を握りしめたまま、いまの会話の余韻に浸っていた。わかってくれるひとがいる。人気のある眼科医院の助っ人でも構いやしない。とにかく資金をあつめることが第一なのだ。

こうした電話が、それから六本あった――和歌山二木《ふたつき》市の眼科、山口市の安倍眼科クリニック、福岡県久留米市の黒田眼科医院、京都府長岡京市の飛鳥眼科、埼玉県市の芝眼科、千葉県市原市の市立市原医療センター――これで充分だと思えた。

志を同じくしているかどうか、実際に訪れてみないとわからないが、希望の光がみえてくる。日本の医師も棄てたものではない。そう牧子に告げると、

「コーちゃん、おごっちゃだめよ。何様だと思ってんの」

しっぺ返しがきた。自分だけが苦労して貧困なひとたちを助けているんだ、ということを鼻にかけてはダメなのだ。謙虚でなければならない。

三日後、浩介は一週間の予定を組んで、まずいちばん最初にオファーがあった郡山の越田眼科クリニックにおもむいた。越田医師の言葉通り、駅前に医院があった。大きな建物で繁盛しているな、と思った。建物の大小でその医院の内実を計ってはならないが、単純に考えてみて、診療規模が大きいと判断されよう。入院も可能なのかもしれない。

以前、京都で学生生活を送っていたとき、下宿の隣が田久保病院という四階建ての内科(特に胃腸科)の専門病院らしかった。あるとき下痢が止まらないので受診してみると、おどろいたことに、待合室がベニア板で仕切られていて、治療を待っている患者はおらず、すぐに呼ばれた。診察室もやはりベニア板で区切られていた。貧相な顔立ちの医師が浩介を見据えた。

「どうしました?」

開口いちばん尋ねてくる。

「下痢が止まらなくて」

腹を押さえて言うと、触診もせず、立ち上がって注射の準備にかかった。ナースがいないのだ。左腕を差し出すと、田久保医師は静脈を手で探しもせず肘の内側に差し入れた。その手つきは狎《な》れたもののように感じた。注射が効いて下痢は納まった。しかし、田久保病院そのものには医療機関として違和感が募った。

病院を出るとき何気なく玄関にたたずんで奥を見やると、たくさんの郵便受けが並んでいるではないか。その傍から階段が続いていて、何足もの靴が散在していた。

上の階は学生用のアパートなのだ、と。表に出ると案の定、自転車置き場がある。田久保病院とは名ばかりだ。隣に暮らしているのに迂闊《うかつ》だった。

越田眼科クリニックはそうではないだろう。

横断歩道をわたって医院のなかに入った。

出迎えてくれたのは、白髪が素敵な初老の越田先生だ。列を作っている患者たちを掻き分けてやってきた。先方から右手を差し出してきたので、浩介も応えた。力強い握りだ。

「よくまいられた」

会津なまりのアクセントを残したままの変てこな標準語だ。

「早朝からひどい混雑ですね」

思わず驚嘆の言葉が出た。

「毎日これでね。猫の手も借りたいくらいでして」

「ぼくがお役に立てればいいですが」

「もうそれは充分承知の上です。診察開始時間は九時からですが、この人数です。八時から始めています。急《せ》かすようで恐縮ですが、着替えをなさってすぐに第二診察室をご使用になって下さい」

越田はよどみなく喋った。どうやら非常勤の医師を雇うのに慣れている気配だ。

浩介は更衣室とプレートが貼ってある小部屋で着替えをし、第二診察室の椅子に腰かけた。机の上にはカルテが山積してある。

深呼吸をしてから、いちばん上のカルテに目を投じて、机に設置されているマイクに向かって、小川さん、第二診にお入りください、と言った。これから日本での診察が再開する。多少とも緊張している自分がいる。

扉が開いて中年の女性が入ってきた。浩介はみずから、おはようございます。八木と申します。本日から当院に非常勤で勤務します。小川は身を縮め、さらに浩介を拝むような姿勢で椅子に腰をおろした。

「どうされましたか」

問うても顔を上げない。山川教授から臨床でいちばん大切なことは、患者の顔、と特に目をみて話すことだと教わった。

「どうか、お顔をこちらに向けてください」

眼球という器官をみるのではなく、患者の身体と顔と心をみつめよ、と続けて山川が言い添えた。だが、小川はなにかに怯えているようにかたくなに顎を上げない。

「小川さん、さ、目を拝見させて下さいな」

小川の手が小刻みに震えている。

「ご安心なさって、診るだけですから」

浩介は意を決して、彼女の顎に手を当てがい上に向かせた。意外にも抵抗はなかった。そして、

「おらあぁ、目がかゆいんだ」

ようやっと浩介に目を向けた。これでよし、と内診する。

「小川さん、ご心配いりません。軽い結膜炎です。すぐによくなりますよ。薬を出しておきますから、朝夕の二回さしてください。今日は目を洗ってからお帰りください」

丁寧に述べた。小川はわかったらしく、頭を下げて処置室にナースによっていざなわれた。

実のところこれくらいの話でも理解できないひともいる。信じられないことだが、医療用語を用いない説明すらわかってもらえないときもある。苦渋な面持ちに陥る。決して居丈高に出ているのではない。医師対患者の域を越えて、日本語でのコミュニケーションの問題に

一変してしまっている。

とりわけここ福島県の郡山は、会津弁の地域だ。患者たちは標準語をなるたけ話そうとするのだろうが、アクセントは方言の痕跡を留めている。聴き取りにくいのは覚悟の上で診察だ。

午前中の患者のなかに白内障が二人、浩介の得意分野である増殖性硝子体網膜症の患者がひとりいた。右目が失明し、左目も視覚を察知する網膜が眼底から剥《は》がれてしまっている。口にこそ出さなかったが、ここは日本だ。ベトナムとは異なる。どうしてこんなになるまで放っておいたのか。浩介自身、歯がゆかった。

越田院長の特別の計らいで、午後をその三名の手術の時間に割いてくれた。

地元に根づいて発展してきた越田眼科クリニックだ。医療機材は最新のものがすべて揃っている。

白内障の手術はいとも簡単にしおおせた。難儀なのは、増殖性硝子体網膜症のほうだ。だが、たじろぎはしない。あの機材が古めかしいベトナムでもこなした手術だ。日本で出来ないわけがない。

相手はいかにもお金に困っている貧相な感じの老人だ。服もぼろぼろだ。でも、患者を外見で分け隔てることはご法度《はっと》だ。

要するに、剥がれてしわくちゃになった網膜を上手にひろげられるかが第一義だ。それには網膜に癒着した無数の増殖膜を取り除く必要がある。机上にへばりついたチューイングガムをきれいに除去するような、根気が求められる。間違って、網膜を傷つけたら一大事だ。

「ご安心してください。すぐ終わりますから」

老人に声掛けして開始した。手術顕微鏡を覗きながら集中して、ピンセットで巧みに膜を剥がしてゆく。二時間半が経過した。膜がすべて消え、出血はなしだ。次に、眼内に薬液を注ぐ。この圧力で網膜が広がってゆく。

しばらくして網膜が眼底を覆《おお》うように広がった。ほっとするひとときだ。一週間後、その老人の左目の視覚は蘇った、という朗報が越田医師から届いた。このときも術後、カツカレーに舌鼓を打ったものだ。越田眼科には四日間だけ世話になった。再度の診察を約して、次に埼玉県蕨市の芝眼科に草鞋を脱いだ。

芝医師は浩介と同年輩にみえた。背が高く骨格がはっきりとした、医者よりもアスリートといった印象を受けた。声も澄んでいて、よどみのない口調で話しかけてくる。低音で、たまにくぐもった声音になる浩介からすれば、憧れの人物に映った。

「多いときで一日、百人を越えまして、わたしひとりでは手がまわらないのです。大学の後輩たちの手を借りるときもありますが、どうも不安でしてね。つい最近のことなのですが、ある非常勤の後輩担当の患者さんなのですが、たまたま彼が来られなくてわたしが診たのです。その方の所見は白内障の初期とカルテに記載されていたのですが、近くの物をみるときに眼鏡を上げないとよくみえないとこぼすのです。白内障が進むとみえなくなりますか、と問うてくるので、よもや、と思って調べてみたんです。そうしたら単なる老眼でした。後輩は老眼を見抜けず、やたら大げさに白内障と、ま、言ってみれば脅かしていたことになります。即刻、クビにしました」

芝の口吻は憤りに膨らんでいた。

「そうですか。患者さんはいい迷惑でしたね」

「ええ、早速、眼鏡店を紹介して、老眼レンズを入れてもらって下さい、と処方箋と紹介状を書いてわたしました。七十四歳の方でした」

「誤診ほど恐いものはない。まず、患者さんにたいして申し訳がたたないですから」

そう言うと、芝が深く頷いた。

「……それでは、今日と明日、よろしくお願いいたします。当院の決まりとしては、午前中に診察、午後に手術となっています。眼底手術には期待しております。先生は、左手の椅子をお使いください。院長のわたしは右手の椅子で治療しますから」

手を差し伸べながら説明してくれた。承知しました、と浩介は応えて白衣を羽織った。

「お昼にしませんか」

芝から声が掛かった。腕時計をみた。正午をとうにまわっている。腹もすいてきている。

「はい。もうひと方ですので」

「わかりました。終わったら、そこの階段で二階に上がってください。休憩室があります。そこでナースと一緒に食事を摂ります」

手を挙げて応えた。最後の老年の患者は、このひとこそ白内障の初期だった。所見を告げて、手術にいたるかもしれないと言い添えた。患者はびっくりしていたが、近年の白内障の手術の進歩をかいつまんで述べると、ほっとした表情に変わった。

待合室から午前の部の患者が全員いなくなったのを確かめてから二階を目指した。ベトナムの例で、毎日、昼食を満足に食べられたことはない。芝医院の配慮はある種のカルチャー・ショックだ。

「さ、先生、こちらの席へ」

その声にナースたちが振り返った。浩介は入り口に立っている。縦長の食卓テーブルにパイプ椅子。総勢五人が腰かけて、仕出しの弁当をつかっている。ペット・ボトルが各自のまえに置かれている。芝の隣に腰を落とした。

「いつも昼食はスタッフ全員で、というのが方針《モットー》でしてね。みな同じ弁当にお茶、といったところです」

「それはいい。お昼ご飯にありつけることだけでも仕合せです。食べられないほうが多いですから」

苦汁をにじませた言い方をついしてしまった。

「八木先生は働き過ぎです。自分が斃《たお》れてしまったら、元も子もない」

「仰るとおりです。ですが」

言いかけて口を閉ざした。

「わかっています。一刻も早く患者さんたちを診てあげたい、と」

「はい」

「しかし、診療時間に、メリハリをつけることも一考に値すると思うのですがね」

やみくもに、働き続けると映る浩介を芝が諫《いさ》めているのだ。弁当の蓋を開けて、ご飯を口に運んで、お茶で咽喉を潤した。大げさだが生きている心地がする。箸の進み具合が速まった。胃の腑が加速度的に充たされてゆく。ぺこぺこだ。これまで、空腹を無意識のうちに押さえつけてきたのだろう。もっと自分の肉体に素直になってもよいのかもしれない。酷使したら、その分、いつの日かしっぺ返しに見舞われるに決まっている。そうなったら二度と立ち上がれないに違いない。それほど浩介は、この「いま」に賭けているのだ。

「駅弁のようですね」

「ええ。幕の内弁当ですから。この店は毎日具材に工夫をこらしてくれるのです。午前も半ばを過ぎると、つい今日のおかずはなにかなぁ、と想像してしまいます。昼時が楽しみで。ねぇ、みなさん」

芝がナースたちの同意を得るかのように口走る。

「はい。大手のデパ地下で販売されている、冷蔵庫に収められていて、変に冷たくなってしまったお弁当よりおいしいですもん」

切れ長の目をしている右隣のナースが説明した。

「そうなんです。私たちナースにとっても大切な時間です。八木先生はベトナムでご活躍だと聞きましたが、あちらではどうでしたか。例えば、お昼とかは?」

浩介が応える番だ。

「昼になるとナースたちは一斉に、どこかに消えてしまいます。患者さんが残っていようがいまいかは関係なく、です。そして、食後、仮眠をとって二時過ぎにもどってきます」

難詰する口調になっている。

「二時間の休憩はべつにいいのじゃありませんか？　ここも午後は三時半からですよ。そして七時まで受け付けをしていて、七時半で終了です」

「……昼休みの時間はなにをされているのですか？」

「となりの休憩室に畳が敷かれていますので、ついうとうとしてしまいます。十分くらいのそれが午後の仕事をしやすくさせてくれます。バスや電車のなかでうたた寝したときと同じ効果ですね」

聞きながら芝を見やると、目を細めている。

「患者さんは放っておいてよいのですか」

荒っぽい声になった。しまった、と悔いたが遅かった。

「そんなつもりではありません。患者さんたちは午後の診療開始時間に合わせてやってこられますから。不都合が生じたことはないです」

彫りが深くて浅黒い顔立ちのナースが反論した。

浩介は唇を尖がらせた。

ベトナムではそうはいかないのだ。胸のなかでこの言葉をつぶやいた。あの窮状に立ち会ったら最後、良心があるのなら、見逃せなくなる。もし、昼の時間と午後の開始時間を決めたにしても、困窮状態のベトナム人には通用しないだろう。彼らの時間感覚に区切りなどなく、いつ自分の診察の順番がくるかと、そればかりしか考えていない。身を挺して、診察と若手医師の養成にあたらなくては……そう、それが浩介の選択した道なのだ。誇るべきものなどなにひとつないが、他人に説いてもわかってもらえない部分とそうでない箇所とのぎりぎりの線上に自分がいる。そう思い定めるしか手はないのだ。

「そうですね。ぼくは度を越しているのかもしれない」

そう言い繕って軽く苦笑いをした。

昼食後、腹が膨れた浩介は、患者の座る椅子に腰かけているうちに居眠りをしてしまった。目覚めると晴れ晴れした気分になっている。ナースの言葉に嘘はなかった。これくらいのゆとりをもって、ベトナムでも過ごしたほうがよいのかもしれない。熱帯下のベトナム人が何百年にもわたって築き上げてきた習慣にこちらが合わせれば、それでいいのだ。浩介も澄んだ気分になると、患者やスタッフたちへの接し方にも良い影響がおよぶだろうから。

第Ⅱ部

5　口論

浩介は高校に進学してもバスケットボール部に入ろうと考えていた。この競技は、敵味方合わせてたったの十人で、相手の籠にボールを投げ込んで入ると点数になる、という単純極まりないスポーツだ。しかしその単純という内容がいかに奥の深いものであるかは、携わった者にしかわからないだろう。五人の連携の良さがまず求められ、次に各個人の持つスキルが問題となる。この順番がたまに入れ替わることもあるが、そのときはたいがい負けを食らう。

普段教室の隅でうずくまるように授業を聴いたり、休み時間を過ごしたりしている、無口でひと見知りがちの浩介にとって、五人という人数と個人の技術を発揮できるバスケはちょうどよい競技なのだ。腕を磨きあげてゆくにつれて、これまで続いていた陰湿なイジメもなくなり、信じられないことだが、女子が振り向いてくれた。みなバスケのおかげだ。

中学生最後の学年が始まって、そろそろ満開に咲き誇った桜が散り、早晩、葉桜の時節が訪れようとしているときの、放課後の部活のときだ。飛び上がってボールを手ばなす寸前、ボキッという音がからだから湧き出、同時に激烈な痛みが下半身を襲った。床に崩れ落ちて、うつぶせになってもがいていた。息も止まるほどだ。脂汗が額からにじみ出ている。なんとか声を、と念ずるのだが、口が開けない。浩介は、湯をかけられたナメクジのようにからだを弓型に丸めてあえいだ。

「どうしたんだ?」

部員たちが駆け寄ってくる。その足音が床に根を張って響いている。助けにきてくれている、と浩介はうつつの状態で感じた。痛みが強すぎて、もうそれは疼きではなくなっていた。針金が脚を貫いているかのようだ。そして、それからの記憶は途絶えてしまった。

気がついたときにはベッドに横たわっていた。

母が傍らの椅子に腰かけていた。

「コーちゃん」と呼ぶ声が聞こえる。

「母さん……ぼくは?」

「脚を脱臼して、病院に運ばれたのよ。もう痛くないでしょう。手術、うまくいったからね」

安堵の念がこころの底にこもった声だった。

浩介はからだを弓型にまるめたときまでは覚えていた。そして仲間たちの靴の音も。

「怪我をしたんだね、ぼくは」

「そうよ。膝のお皿が外れて脱臼したの。膝蓋骨亜脱臼《しつがいこつあだっきゅう》、というそうよ」

「七面倒くさい名前だね」

「それにね、お皿の裏側の軟骨もはがれて骨折していたらしいわ」

母が冷静に怪我の実態を伝えてくれる。その物言いは、浩介にある程度の覚悟を求めているようにもとれた。

浩介は顔をもとにもどして天井を仰いだ。これでしばらくバスケは見学になってしまう。一年上で三月に卒業していった先輩が言っていた言葉が蘇ってくる——脱臼はいちどやるとクセになるぞ、と。浩介は出来ることならその轍《てつ》を踏まないことを願う。部活に復帰できるとすれば、いつごろからだろう？　掛け布団のなかから右手を出して、指を折って数え始めた。この五本の指のなかで収まればいいのだが。

入院生活は思ったほど長くはなく、浩介はまたバスケに復帰することが出来た。しかし、また脱臼に見舞われた。先輩の言葉は嘘ではなかったのだ。

浩介はある決断に直面している自分に気づいた。それは、高校入試と、合格のための受験勉強だった。バスケは高校に進学してからでも出来る。こういう面、浩介の考え方はすこぶる合理的だ。バスケを続けて再三脱臼を繰り返すより、未来をみつめたほうが得策だ。

大阪の府立高校の受験にかんしては、一定の枠が定められていた。校区がいくつかあって、そのなかで、いわゆる大学受験を物差しとした「名門」と呼ばれる府立高校が一校ずつ存在した。例えば、北野高校、豊中高校、四条畷高校、大手前高校、といった具合に。

もちろん私学の名門校もあったが、浩介の家の家計では私学進学は難しかった。浩介は両親に言われるまでもなく、そのことは熟知していたので、校区の内のトップ高校を目指して、勉強に精励した。

部活に専念していたから、学業面では正直遅れをとっていた。それを取り返すべく一心に打ち込んだ。愉しかった。つぎつぎと無知のヴェールが剥ぎ取られていき、それと同量のものが知識として入ってくる。とりわけ数学と物理の伸び具合が顕著だった。

しかしながら、ここではじめて浩介は自分が「理系」向きの人間でないことを見出した。文系の教科のほうにこころが惹かれるからだ。こうした偶発的な事例が、これからの浩介の人生の歩みのなかで、何度か顕われるが、それはこの時点で浩介はじめ誰も知らないことだった。受験に向けて着々と成績を伸ばしていった浩介は、バスケで腕を上げたときと同じように、クラスのなかで一目置かれる存在にいつの間にかなっていた。勉強面での成果のおかげで執拗に続いていたイジメもぴたっと止んだ。そして二学期の期末試験で学級で一番、全校で三番の好成績をあげるや、クラスで最も輝いていたのは浩介だった。

彼もそれを自覚した——自分は、あるひとつのことに熱中して、なんらかの成果を上げることが出来る、そういった面を持つ人間なのかもしれない、と。受験もこの線でいけばきっとトップ校に合格は間違いない。そう明言してもプレッシャーのかからない自信を身につけていた。

そして悠々と、気楽に受験に臨み、予想どおり、合格を勝ち取った。

浩介はバスケット部にさっそく入部した。トップ校には、勉学の面でもそうだが、スポーツの分野でも、中学時代の実力者があつまってくる。バスケ部もその例にもれなかった。練習、練習で明け暮れた。浩介は闘志丸出しで頑張った。だが、二年生になったとき、また膝をやられた。ドクター・ストップがかかった。入院を余儀なくされた。

同じ頃、父親が体調を崩して入院していた。父の浩一郎は、大阪市で民政局の職員として社会福祉の業務にたずさわっている。西成区で満足に年を越せないようなひとたちの世話や生活保護に専念していた。正月三が日も家におらず、ジャンパーに長靴姿で仕事に励んでいた。几帳面な人柄だったからか、浩介にとって怖い存在だった。話しかける勇気も抱けなかった。そうした頑固な父だったが、おそらく浩介が反抗期に入っていたのだろう。

父浩一郎にたいして浩介は、苛立ちを覚え始めていた。仕事にあまりにも熱心な父のせいで、家庭がなおざりにされているのではないか。民政局の一員として働いている父の役どころは、結句、自己満足の場にすぎないのではないか。

身を粉にして西成区の貧困なひとたちために勤しんでいるのを、父は「無償」の行為だと言う。その「無償」という文言が鼻についた。浩介は内心びくびくしながらも言い放ったものだ。

「父さんは正月三が日、家で過ごさないで西成区のひとたちの所へ出かけて滅私奉公めいたことをしている。それってどういうわけなん」

浩一郎はじろりと息子を見返した。そのときの鋭角状の目つきはいまもって鮮明だ。

「父さんは公務員だ。あてがわれた仕事を文句を言わずにこなしていかなくてはならない。あたりまえのことを訊くな」

「……ぼくが言いたいのは、父さんの場合、度が過ぎる、っていうことなんだ。それほど民政局の仕事はきついものなん」

「父さんは、どの局に配属されても同じだと考えている」

浩介はあっけらかんとして自分の職務を冷静に語る父に、なおのこと、反発を覚えた。

「役所からお給料が出るよね。父さんは余計に働いているんだから、その分、余分にもらっているんでしょうね」

「いいか、父さんはそんな料簡で困っているひとたちのお世話をしているんではない」

「そうなん。ぼくは父さんの働き振りをみていると、恩着せがましい、と映るんだけど。果たして西成区のひとたちって、本音では迷惑に感じているんではないかな」

「なんちゅうこと抜かす。おまえのような若造にはわからないこっちゃ」

父は怒り心頭に発す、のまさに一歩てまえまできているようにみえた。

「役所からもらう給金の分だけ仕事をすればいいってことさ」

「オレにはでけんこっちゃ」

父はそう言い切ると、遠くのほうをみるように目を細めた。

「タダ働きがそんなにいいん?」

「タダ働きちゃうぞ。キザに聞こえるかもしれへんけんど、『無償』の『愛情』だ」

「……無償かぁ。なるほど慈善行為だね」

「言い換えれば、そうなるな」

父は誇らしげだ。

「でもね、それって、『無給』や『無料』と違うんやろ。『無償』という言葉のなかには、『～してあげる』という意味合いが込められていてへん？　どうなん？」

浩介の頭はきわめて単純に動いた。

「『～してあげる』、そうか、おまえにはそうとしか取れへんのか」

いかにも遺憾だ、といったふうに父は項垂れた。

浩介はちょっときついことを口走ったかもしれない、と多少とも悔いたが、やはり父の過剰労働には疑念を拭いさることが出来なかった。

浩介の想いはごく素朴なものだ。そこまでして貧困にあえいでいるひとたちを助けなくてはいけないのか。定められた時間内でてきぱきやれないのか。過剰な仕事が『無償行為』に値するのか。

「父さん、これでおしまいにするけど、『無償』でなくて『無給』ではないん」

「オレも悩んだ時期があったのは嘘ではない。だけど西成区の住民の方たちが父さんの手助けで満面に笑みを浮かべているのを目の当たりにして、『してあげた』甲斐があった、と思った。憶測を越えて確信に近い手ごたえをもたらしてくれた。使命感といおうか天職と表現したらよいか、そう、生きている実感をつかんだのだ」

語り終えた父の体躯は針金が一本貫いているかのように映った。浩介はこうまでして自己を主張する父にもはやなにも意見すまいと思い定めた。

6　膝

高校進学を決め合格してからは、これまでの垣根がとけたような気がして、父と話せるようになった。

浩一郎が言った。

「バスケット部に入るまでは、いったいこの子はどうなるか、と心配していたぞ」

父の目が澄んでいた。話の糸口を浩介は与えられた。

「からだがなまっていたんだ。クラスではほとんどのヤツがどこかのクラブに入部していたのに、どうしてもぼくは一歩を踏み出せなかった」

過去を回想するような気持ちだ。

「長い人生にはそういうこともあるだろう。だが、その壁をとっぱらう決断をするときもある。おまえはそれを見事にやってのけ、校区でトップ校にも進学してくれた。父さんの自慢の子になった」

浩一郎は目をしばたたかせた。浩介の目に光が点った。その光輝は消えることはないだろう。

ところが、父が発したその灯りがいまにもついえそうな窮境に陥った。浩一郎は毎年、健康診断を受けていたが、ある年受診しなかった年があった。その明くる年に緊急の検査を受けるはめになった。結果は胃癌の末期だった。余命三か月と告知された。浩介をはじめとして周囲のひとや医師から勧められて、胃の全摘の手術を受けた。

その甲斐あって三か月が一年に延びた。癌であることは伝えなかった。

「父さんには味方がいるよ。これまで世話を焼いてきた何百人といったひとたちの息吹が……」

浩介はこう言って励ました。父は頷いた。だが、日に日にからだは衰弱していった。

「浩介、ほんとうのところ、オレのどこが悪いのだ？　正直に話してくれへんか」

そうした質問にはあらかじめ応えを用意してあった。お袋もそう回答する手はずになっていた。

「仕事での無理がたたって胃に潰瘍が出来たから、胃を全部切り取ったんだ」

「そうか。だから点滴で栄養補給しているわけなんやな」

得心がいったようだ。

「早く家に帰りたいものだ」

「点滴しなくてもよくなったら帰れるさ」

そう慰撫しながらも親父のからだが衰弱の度を深めているのが歴然としてきた。腕が痩せほそり、頬がこけ、鼻の高さが際立ってきた。それでも親父はもちまえの強気をみせていた。トイレに行く際に、点滴の針をつけたままゆっくりと一時間かけてもどってきた。骨に癌が転移して猛烈な傷みを発症した。床ずれも出来ていた。

「浩介、父さんはもうダメかもしれん」

涙を湛えてやっとか細い声で言った。

「まだ大丈夫だよ。親父はこれまでずっとひとを助ける仕事ばかりしてきたから、今度は自分が助けられることに素直にならなくては、とても闘病生活は送れないやん」

「うまいことを言うやっちゃ」

浩一郎が微笑んだ。

お袋は付きっ切りで看病した。浩介はバスケの練習が終わると病院に直行した。そして膝の怪我で入院を余儀なくされ、親父の見舞いに行けなくなった。

親父の手足がある日を境に、加速度的に棒のようになっていき始めたらしい。上半身下半身とも肉がそがれて骨と皮になっていたという。そっぽを向きたくなる。これではいくら癌でないと言っても無理だろう。八木家の一同が覚悟を決めるときが刻々と近づいてきた。

そして遠からず、その日が訪れた。

浩介には「ひとの役に立つことをせよ」という文言を、お袋には「ありがとう」と手を握って息を引き取ったという。大往生に思われた。

「ひとの役に立つことをせよ」――この言葉に親父の生き方のすべてがこめられている。それを浩介に受け継ぐように、と遺言して旅立っていった。

死後、枕の下から癌にかんする本がみつかったらしい。親父には話していなかったけれども、察していたようだ。

親父の人生とはなんだったのだろう、と母と会話をかわしたことがある。

「あのひとは、ひとさまのことを世話する仕事に就《つ》いていたのに、自分のこととなると、救《たす》けられることに慣れはっていなかった」

「そうかも。でも、医者の無養生というやん、父さんもそれに近いと思うんや。そういう父さんのどこがよくて結婚したん?」

「あらっ、まえに話さなかった?」

「聞いてないけど」

浩介はみずからの記憶を手繰り寄せたが、そうした部類のものは浮かび上がって来なかった。

「わたしは、伊丹信用金庫の窓口担当の行員だった。そこへ月に一度、お父さんが振込みにやってきた。故郷の両親宛てなの」

「へー。すごいやん」

「ええ。毎月五万と決まっていた。そういうことが続くうちに、銀行にやってくる日がいつのまにか多くなってね」

「それで?」

「誘われてしまったの」

母は懐かしそうに目を細め、過日の光景がゆっくりと現われてくるのを愉しんでいるようだ。

「青春だね、まさに。どこに誘われたん」

「映画」

「よく乗ったね」

「そう。自分でも不思議だった。きっと、毎月親もとに仕送りしているのをまぢかでみていたから、信用してたみたい」

「首尾は？」

「それは男性側の言葉よ」

「そうやね。で、何事もなかったん」

「……いいえ、映画の上映中に、手を握られたわ。びっくりしたけど、離す気は起きなかった」

「その時点で、ふたりの将来は決まったわけやね。わりと単純やんけ」

「そういうことになるかしら。映画が済んで、外でお茶したとき、はじめて公務員をしていることがわかったくらいやさかい」

「そして交際が始まった」

「そう」

母は大きく頷いた。

「ぼくのいちばんの思い出はね、小学生のとき、神戸の須磨公園に連れていってもらったことだよ。ぼく、電車が好きだったでしょう。あのとき生まれてはじめてあこがれの特急のグリーン車に乗せてもらった。うれしかったなあ」

浩介も母と同じように、過去の日々からゆるりと立ち上がってくる情景にわが身をゆだねた。

「でもね、まだそのときぼくは小さかった。父さんとまともに話が出来るようになったのは、高校生になってからだよ。とりわけ校区のトップの進学校に合格してからだ。それまではどことなく怖かった。父親然としていたからね。だけど、合格したとき、父さんが涙をながして歓んでいた、と母さんから耳にして、恐怖感が飛び散った。と同時に、末期の胃癌であることも知った」

「そうね。家族を見舞った突然の試練だった。結局、あのひとには癌だとは伝えなかった。でも、わかっていた」

「そう」

応えた浩介は、やっと一人前に父親と口がきけるようになっていた頃だ。そのときを境に、父に穏やかな死を迎えさせるべく、もっと自分が大人にならなくては、と臍《ほぞ》をかためた。それは目標を持つことを意味した。いまの高校から大学へ、それも医学部に進学して、父のようなひとたちが罹患した病を治すことなのだ。いちばん身近な大学は大阪大学だった。阪大の医学部めざしての戦いが開始された。

でも条件を意図的に自分に課した。バスケットを続けること。それと並行して勉学にいそしむこと。

高校一年の四月にさっそく入部した。高校の練習は中学時代の比ではなかった。腕立て伏せ、百回。うさぎ跳び、二十分。指立て伏せ、五十回、などなど、目から火が出るほどだ。

この猛練習に「膝」が耐えられるはずがなかった。そしてまたやってしまった。

あたかも漆黒の闇のなかを灯りも携えずに歩いている気がした。これからどうなるかがわからないほど気が滅入ることはない。入院中の父もおそらく同じ心持だろう。浩介の場合は一種の「怪我」で、それが整形外科的なものだから、なんとか自分を保てた。手術をすれば治るからだ。父とはそこが違った。浩一郎は病魔がにわかに侵攻して、全身がその病根となるものによって蝕まれている。それも現在進行形だ。浩介は怪我を受け入れ、さらに父の死をも甘受しなくてはならなかった。

手術を受けた、その日の夕刻に父は息を引き取った。還暦まで三年を残しての、他人のために生涯を捧げた人生を選択し、生き抜いたひとだった。手術終了後、病棟のベッドにもどって休んでいるときに、ナースがわたしてくれたメモで死を知った。涙もなにも出て来なかった。だけど、からだから力が抜け落ち、ぽっかりとどこかに穴が開いている気分がした。埋め合わせようとしても、術後の浩介には無理だった。

ただひとつ、親父への供養となるのは、自分の「膝」を完治の状態にして、バスケを続けることだった。

退院の許可が下りて、再びバスケに復帰した。

しかし、思うように下半身が動いてくれなかった。先輩たちから、「八木、まだ完全に治っておらんではないけ?」とか、「もうすこし、入院しておって、リハビリを徹底してからの退院でも遅くはないのやぞ」とかの声がかかった。そのたびごとに浩介は反発を覚えたが、ぐっとこらえて、練習に励んだ。

その間、痛みは治まるどころか確実に増していった。とうとう、手術をしてもらった病院におもむいた。

執刀医でもあった市立病院の整形外科部長の畑中医師が、カルテをめくりながら、やおら口を開いた。

その口調は、白髪に移ろって柔和な印象を与える風貌にもかかわらず、いきなり切り出された言葉に浩介は腰が砕けた。

「八木さん、あなたは、ついていない方ですねぇ」

ついていない、と確かに言った。それは運がない、という意味なのか。

「どういうことですか」

むきになった。

「いえ、なんでもありません。膝にかんして大変ご苦労を重ねておられる、という意味です」

畑中はこう言いつくろった。浩介はこの医者が偽物だと直感した。「ついていない」などと、医師が患者に面と向かって放つ文言ではない。

「先生、さきほどの、『ついていない』という暴言を撤回して謝罪して下さい」

浩介は目をそらそうとする畑中をまっすぐみつめた。視線が畑中の頬に当たった。畑中は下を向いて唇を噛んでいる。一言も発しようとはしない。時だけが流れて行く。畑中の地位は整形外科部長だ。大学付属病院なら「教授」の職に相当する要職だ。そのひとの言葉だから重みがある。本人は自覚しているだろうか。浩介は「不幸な人生ですね」と、上から目線で断言された気がした。

畑中が貝のように口を閉ざしてしまって、こちらをも振り向かないので諦めて席を立った。セカンド・オピニオンを求めるつもりだ。いまでこそ、こうした所作は認知されているが、当時では破格の取り組みだった。父浩一郎の癌の発見の折、父は得心のゆくまで病院を変えて診断を乞うた。どこの病院も癌とは言わずに、重症の胃潰瘍だという診断を下した。それで浩一郎は最初に受診した病院で手術を受けた。父のこうした熱意をみていた浩介は、たとえ自分の健康に無関心で他人の世話ばかり焼いていた父でも最小限のことはするものなのだ、とその手本を心底で受け止めた。

浩介は隣接する市にある国立総合病院を受診してみることにした。国立吹田病院ははじめての受診だが、受付にうずたかく積まれた診察券には圧倒された。朝の七時からきていると隣の席の高齢者が浩介の問いに応えてくれた。

「だけど、先生は毎度、十時半にならないと診察室には入りゃせんのよ」

男がこぼした。私立の病院では想定外の事態だ。

「なにせ、医院長先生だからのう」

この言葉に、浩介は、「診察医員一覧」という表に見入った。一週間にわたっての診療内容と担当医師、それに担当分野が示されている。初診の受付をしたとき、「膝を診ていただきたい」と告げた。すると「それは水曜日の水木先生がご専門だから、日を改めておいでください」と言われた。どことなく門前払いを食らったようで不愉快だったが、思い直して、今日の先生でも結構です、と応答した。受付のひとは、それでは、と言って、診察券を作ってくれた。

本日月曜日の担当医師は、木庭《こば》先生といって、専門は「初診」と記されてある。浩介にとって、願ったり叶ったりだ。まずは、全体にかんする知見が大切だとバスケの練習や試合に臨んで得ていた。

木庭先生は、全体からの診立て、という面から人気があるのだろう。院長先生とは違って、されていた。

九時十分には診察室に入った。院長先生担当の診察もあった。専門は「スポーツ・手」と記されていた。

待っている患者がいずれの医師に掛かりたがっているのは判断しかねたが、浩介の予感では木庭医師のほうに軍配が上がるだろう。実際、医院長先生はいまだ診察室にやってきていないのだし、木庭先生の診察室にどんどん患者が吸収されていくからだ。

それでも浩介の番はなかなかまわってこなかった。とうとう院長先生が診察室に入るのを見届けるまでになった。文庫本もなにも持って行かなかったので、ただひたすら呼び出されて診察室にのろのろと歩いてゆく、ロビーのひとたちのうしろ姿を目が追った。そして腕時計の長針が十一時を過ぎた頃、八木浩介さん、二診にお入り下さいと男性の声のアナウンスが流れた。やれやれ待たせられたものだ、とすっくと立ちあがって浩介は二診の扉をノックして、なかに入った。

痩せて面長で、ちょび髭をはやしている木庭先生がにこにこしながら、初診の浩介を迎えた。浩介はこの医師なら大丈夫だと直感した。どうぞ、と椅子に手を差し伸べられた（これもはじめてのことだ）ので、医師と同じくらいの繕《つくろ》いの椅子に腰を落とした。

「木庭と申します。よろしくお願いいたします」

「はじめまして、八木といいます」

「膝に問題があるそうですね」

「はい。これまで三度手術を受けたのですが、どうも芳《かんば》しくないのです」

木庭はじっと浩介の膝に目を向けて、考え込んでいるふうだ。

「まず、レントゲンを撮ってみましょう。君、頼みます」

木庭は背後にたたずんでいたナースに申しつけた。

ここでいったん浩介はナースから赤い紙をもらって、同じ階のレントゲン撮影室に向かった。膝のレントゲンはもう何回も撮っているから慣れていた。

すぐに呼ばれて、やはりここでもいつものように、座って膝の部分にカメラが向けられた。撮影後はまた呼ばれるまでロビーで待つのだ。毎度これの繰り返しだ。いい加減いやになるが仕方がない。二十分くらい経って呼ばれた。

二診に入ると、現像されたフィルムに木庭が見入っていた。フィルムには照明が当てられていて陰影がはっきり判別できた。

「八木さん、膝、痛まないですか?」

「痛み、うずきます」

「そうでしょうねぇ。手術した病院はどこか知りませんが、完治していませんね。膝のなかの削れた軟骨片を取り除いただけの手術ですよ、これは。だから、怪我が回復しても、甘くなってしまった膝のお皿がまたはずれ、膝のなかで出血する、軟骨が削れる、この繰り返しという塩梅になるのです」

「…………」

「なぜ、こんなになるまで放置していたのですか？　六十歳代の方の膝です。膝の軟骨は再生しないので、体重をかけたり膝を曲げたりするたびに、削り取られた部分がこすれて痛むわけです。このままでは、若いうちから立つことも歩くことも出来なくなりますね」

「先生、これまで三度も手術を受けてきたのに、その効果がなかったというわけでしょうか」

「残念ながら、そう診断せざるを得ませんね」

浩介のなかで音を立てて崩れていくものがあった。鈍い音だったが、その魯鈍さが浩介その者を象徴しているかのようだ。現在なら「再生医療」も進歩して来ているので、軟骨の再生など可能であったかもしれない。でも、当時はそうした医療など未来の産物だとみなされていた。

「先生、これまでぼくの手術に携わった先生方は、怪我の状態や手術の詳しい説明をいっさいしてくれなかったです」

浩介は食い下がるように言った。

「それは残念の一語ですね。腹も立つことでしょう。インフォームド・コンセントというのが医師には義務づけられているのですがね」

「インフォームド・コンセント？　それはいったい……」

「簡単なことです。医師は患者さんに、これから施す診断内容や治療の方法の説明をきちんと話して、患者さんからその了解を得ること、を意味しています。患者さんの側からも納得のいくまでの質問が是とされています」

浩介にはそれがしごく当たりまえのことに思えた。同時に胸につかえたものがとろけていく気がした。

「八木さんは、そうしたことを等閑視する、旧いタイプのお医者さんに手術を受けたのだ、と思いますよ」

これまでの三度にわたる手術はなんだったのか。浩介のなかで医療と医師への激しい不信感が芽吹いた。その内実は、上から目線の医師の実態なのだ。診断してやる、あげる、という威圧感がそこには横たわっていた。患者たちの声なき声に耳を傾けず、思いを把握せず、ただ一方的に診断内容や治療方針を押し付けてくる。文句があるなら出て行け、という高圧的な医師がなんと多いことか。これまでに世話になった病院の医師たちがそれに該当するだろう。たったそれだけの体験が、木庭医師の話と絡まり合って、医療従事者への不満や不信感を浩介に植えつけた。

「八木さん、あなたが将来どういう職業にお就きになるかわたしにはわからないですが、いまこころに秘めた思いのたけを医師のまえで打ち明けたら、『生意気なやつめ』と罵詈雑言がとんでくることでしょう。それほど日本の医療は患者さんの立場にたっていない窮状に置かれているのです」

浩介は、わかりました、と応えて、微笑みながら一礼した。

7 何度目かのベトナム

日本で浩介の診療を希望してくれた眼科クリニックすべてをまわった浩介は、毎回ある種の達成感を抱くことが出来た。どこの医院の医師も患者本位の方ばかりで、不思議なことにそれは顔をみただけで、お互いが、了解し合えた。同等な考えを持っている人間同士は、同じ釜のメシを食った仲間のようなものかもしれない。みなに共通した笑みを宿しているのだ。

浩介は、「勇気」をもらって旅立った。

機内では眼科医にもどっている。

客室乗務員が朝刊を持って歩いてくる。一部もらう。音を立てて広げる。いちばん最後の頁はテレビ欄で、浩介がいつも最初に読むのはそのまえの頁だ。そこは社会面でいつもいまの日本の社会の縮図をみる思いがする。

ベトナムとの比較ではないが、近年、日本で親子間での殺傷事件のニュースがない日はない。無理心中は昔からあったが、就寝中の父親を絞め殺すとか、その逆で父親が息子を刃物で突き殺す、といった惨劇が見受けられる。おそらく戦前の日本はこうではなかっただろう。ベトナムのように、いまだに近代的な生活が出来ず、病に怯えて暮らしているにもかかわらず、親子仲はきわめて良い。互いが硬い絆で結ばれているのだ。

例えば、病院に母親と目を悪化させた子供が、ハノイから数十キロ離れた村からやってくる。そして無言のまま診察を待っている。実に辛抱強い。家族のなかでの離反がない。親子間の殺傷事件など、テレビのニュースでも報じられないし、たぶん新聞記事にも見当たらないのだろう。親子が肩を抱き合ってひっそりと、農業や林業や漁業を生業として暮らしている。目は患っているが、こころにそれはみかけない。

国中がより近代化してくるにつれ、家族をはじめとして人間関係が複雑になり、後天的な精神疾患に見舞われることもあるのだろう。それの行きつく先が殺人、死体遺棄、放火、拉致、監禁なのではあるまいか。

ベトナムは産業発展国だが、国民は伝統を重んじて各自自身の生き方を全うしている。そういう生活をしている割には、目の疾患者が多い。いや、多すぎる。

かの地で浩介が手術する疾患のなかで一等多いのが白内障だ。これは熱帯地方に降り注ぐ紫外線の影響を受けており、南部に行くほど、若いひとたちに見受けられる。少数民族のひとたちはみずからが白内障に罹患していることさえ気づいていないようだ。二番目が専門としている眼底（網膜硝子体）疾患。増殖性網膜剥離、それに糖尿病による網膜症も。その他に、緑内障、角膜疾患がある。

ベトナムでは最近、白内障の患者が急増している。最初にベトナムで治療を始めてから五年が経つが、もう三〇〇〇件余の白内障の手術を行なってきた。ベトナム戦争に勝利したあとの平和の世で、寿命が延びたことも一因だろう。また、同じく、糖尿病網膜症患者も増えている。日本には糖尿病患者がたくさんいるが、当初、ベトナムにはいないだろうと踏んでいた。それはベトナム料理が生春巻きやフォーなど、野菜たっぷりで高カロリーではないからだ。

だが、ハノイに到着し、街を散策したとき、欧米の料理を出している食事処のなんと軒数の多いことか。所謂欧風レストラン街が軒を連ねている地区もある。

ピザ、パスタなどのイタリア料理、ハンバーグなどのアメリカン・フード（ここで大学の食文化の講義で、アメリカの場合にはアメリカ料理とは言わない、と教授が強調していたことを思い出した。アメリカでは「フード」、「食」と称される。あの国のアイデンティティーは「食」ではなく、「英語」という言語で一体化していると教示してくれたものだ）。明治の初期に、フランス料理などが移入されて、日本独自に洋食と化して食卓をにぎわせた。美味だったのだろう。牛鍋（すき焼き）で、牛や豚の肉をはじめて味わったのだ。

ベトナムでも同じことが言えよう。戦後、景気がよくなって懐が豊かになれば、欧風の料理が流行るわけだ。ただ、残念なことだが、ベトナムでは「糖尿病」があまり知られていないので、治療が行き届いておらず、気づいたときには目がやられていて、失明にいたる。

糖尿病は成人病の代表格だが、先天的に罹患している子供も多い。これを親が察知せずにいると失明におよぶのだ。早期発見・治療が肝要だ。また、貧困のために治療を受けられないひとたちが多い。昨今は保険制度が発達してきたが、特定の地方しか使えない種類の保険があって、その意味で難局に立たされている。日本人の子供にも糖尿病患者がとうぜんいるが、医療が充実しているため、完治する率が高い。

久留米市の黒田医院を訪ねたときのことだ。なんと、ここは人工透析をメインにしている医院だった。そうした医院がなぜ浩介を必要とするのか。それはそこでは、透析治療に入る前段階の患者に糖尿病者が多数いて、目も患っているひとが多いからだ。そのために非常勤の医師を雇って、糖尿病透析患者向けの眼科を設けているという。

「先生においで願っているので助かります」

溌剌とした青年、黒田医師が挨拶した。浩介は、

「糖尿病と透析の患者さんを診るわけですね」

「はい。うちのような眼科専門でない医院で診察していただくのは、まことに恐縮なのですが、ひとつよろしくお願いいたします」

「わかりました。糖尿病は眼科医にとっても敵ですから、治療の甲斐があるというものです。お任せください」

日本でも、黒田医院をもっと大きくした病院でも同じことが起こっている。透析を主とした、医院ではなく病院でも、眼科をはじめとして、透析の副作用による病の治療を担当する、整形外科、パーキンソン病専門外来、泌尿器科などを整備している医療機関もある。

だが、ベトナムではとてもそうはいかない。眼科医でさえ未熟な技術しか持っていないのだから、糖尿病の早期発見はどだい無理な話なのだ。ある医療機関のデータによると、都市部では十三人にひとりが糖尿病だという。

要するに、糖尿病はベトナム人にとって未知の病気なのだ。発見されたときにはもう遅い。後手後手になってしまっている。

親が子供の行動になにかしら変だと思う場合があっても、金銭的ゆとりがないため、病院に連れてこられない。子供も家の暮らし向きが苦しいのを知っていて、親に訴えない。そうした親思いの子供心の愛らしさは理解できるけれど、いざ健康の問題となると話はべつだ。

だが、それに子供が気づかない。自分の歩き方――まっすぐに歩けなくなって物にぶつかってやっと異状だ、と親子で察知する。

診察に訪れたときには、すでに片方の目に光は二度と点らない窮境に陥っている。残りの目も危うい。眼科医としてのプライドが頭をもたげてくるのはまさにこういうときだ。

「安心して下さい。ほんのちょっとの可能性があって、治せる見込みがあるなら、全力投球で手術をします」

覚えたてのたどたどしいベトナム語で浩介は親子を鼓舞する。その子の将来がかかっている。患者のもつ治癒力に期待をかける。浩介も手抜きはしない。

いつの間にか新聞を膝の上に置いたまま、日本の家族間での殺傷問題からベトナムでの糖尿病のことへと想いが巡っていた。目頭に掌を当てがって、かいていた汗を拭った。浩介はもともと目がぎょろりとしているので、掌が眼球で穿《うが》たれそうだ。早朝の便だったので、思考回路が閉じると、にわかに眠気がやってきた。目をつむってシートにからだをあずけた。交通機関での睡眠は貴重だ。意識が遠のいていく。

ハノイは何度訪れても喧噪な都会だ。都会が騒然としているのはもっともなことだが、ハノイではさながらバイクが蟻のようにせかせかと動きまわっている、そういう意味で騒がしくて落ち着きがない。慣れてきてはいるものの、発展途上国の姿とはこういうものなのだろう、と割り切ることにしている。いまや、浩介も「ホンダ」を購入して大いに利用している。バイクの立てる爆音が似合っている街――それが北部のハノイ市であり、南部のホーチミン市だ。

朝、バイクで出勤するとき、また帰路につく折、思いを募らすことがある。

糖尿病網膜手術の件だ。この手術はレーザーを使って眼内光凝固《がんないひかりぎょうこ》を行なう必要がある。そのレーザー装置がハノイ国立眼科病院には設置されていない。負のサプライズだ。国立とは名ばかり。いったいベトナムでは医学・医療費にいくらの予算を組んでいるか。必要不可欠な医療用具さえこと欠いている。

レーザーがないと、根本的治癒にいたらない。手技だけで手術を行なっても、増殖膜や出血を除去できたにしても、すぐに再発してしまう。

日本に幾度目かに帰国した折、どこの医院でも浩介は無様なこの実態を愚痴った。

「八木先生にしては珍しいですな」

どの医師も驚いていた。そのなかで郡山の越田先生が、

「うちにもう使っていないレーザーがあるので、それを持って行ってください」

「……それはありがたいです。機具さえあれば、こっちのものですから」

「ベトナムの医療現場の悲惨さがうかがえますね。よく何度も往復されていることか」

「なーに。これが天の与えてくださった使命だと、最近、みなすようになりました」

「熱が入りますな。お若いうちにやりたいことをおやりなされればよい」

越田医師の口許に笑みがこぼれた。

現物は最新型ではなく、少々古びていたが、まだまだ使えるものだ。早速、ベトナムに送って活用した。手術がぐんと楽になった。術後の再出血もなくなった。助かる患者数が格段に増えた。越田先生に足を向けて眠れない！

眼底の手術はコンマ何ミクロンの世界での勝負だ。顕微鏡の精密度で成功不成功の比率が決まってくる。少しでも網膜に傷をつけたら、視力にとっていちばん大切な、中心となる視野がなくなってしまう。そうなると視力が改善しなかったり視力がかえって悪くなったりする。浩介たち眼科医はそれを「視野が飛んでしまう」と呼んでいる。うまくいかなければ、大きな合併症を招く恐れもある。

さらにベトナムのような発展途上国では、過日、トラコーマなどの角膜の病気に冒されて外傷を負い角膜が混濁しているひとが結構の数に上っている。当時は顕微鏡の精度も悪かったので、普通ならみえるものも観察できなかった。となると、助かるはずの患者を救えないことも多々あった。日本でなら一回で済む手術も複数回しなければならず、その都度悔しい思いをした。患者への負荷も大きかった。

ベトナムなどの「発展途上国」を以前は「後進国」と称したものだ。だが、後者の呼称に差別的要素があったので、前者へと変わった。しかし、この熱帯の国、特に国是を社会主義ないしは共産主義に置いている諸国では、そこに生きているひとたちにとって十全な体制を維持していかなくてはならないはずの医療面が不完全のままだ。インフラもままならない。唯一、頑張ってるなぁと思われるのは教育の分野だ。政府も親もこれには力を注いでいる。識字率も向上している。

よりいっそう肝要な健康の問題が棚上げされている気がしてならない。

いつのまにか、日本で活用している内視鏡があれば、と願うようになっていた。


帰国の最中、学生時代の友人たちに相談してみた。

「八木、それには格好の機関がある。いままでおまえが知らなかったほうが異常だよ。JICA（ジャイカ）、つまり国際協力機構に泣きつくんだ」

希望の光が差してくる。さっそく検索してベトナム事務所におもむいた。浩介は受付嬢にあらましを語った。しばらく待っていると、奥へ通された。

「ま、どうぞおかけください」

名刺を交換した。「医療部門担当次長・成瀬昭利」とあった。成瀬は浩介の名刺をひっくり返している。名前だけなのだ。

「どちらの八木さまで？」

寸時応えに窮した。どちらの、と問われても、説明すれば長くなる。

「眼科医で、ボランティアでベトナムで患者を診ています」

「はあ」

成瀬も対応をしあぐねている。

「それで、手っ取り早い話、ベトナムでは医療機器が旧態依然かまったく設置されていないものもあって、是非、御機関でのご協力を得て、それで……」

「それで、なんです？　金銭的援助を頼む、というわけですか」

「はい。仰るとおりです」

「いま、忙しくて。そちらには手がまわらないのです。申しわけないが」

「ここは、国際協力機構ですよね。でしたらご支援を頂きたい」

「ええ。でも国際慈善機構ではありませんから、お間違えのなきように」

「慈善？」

「言葉が過ぎたらお許し下さい。もっと具体的にお話しすれば、個人を支援するための機構ではない、ということです。これが、エイズなどとなると次元が違ってきますけれど」

「個人にしか目の届かない点もあるはずです」

「しかしですね。そこまで許すと限りがなくなるので。お気持ちはわかりますが、ここのところはどうぞお引き取りくださいませんか。例外を認めたくないのです」

「……わかりました。それじゃ、NGO（非政治組織）に打診してみます」

すると成瀬が手を左右に振って、

「それはおよしになったほうがよいです。急いでおられるようだからです。申請しても最短で返答には二年くらいかかりますよ」

いったん腰を上げていた浩介は座り込んでしまった。そうか、NGOでも二年か。遅すぎる。

成瀬が肩を落としている浩介を気の毒そうに眺めている。

「それでは、また考えてみます」

無理に微笑んで辞去した。

悔しかった。帰路、目頭が熱くなった。四浪は可能だ。しかし目前の患者にたいしてはたとえ二年でも酷な話だ。失明してしまう。成瀬だって承知しているはずだ。組織に身を置く以上、規則に反することは出来ないのだ。浩介もなんらかの組織に属していたら同じく振る舞ったであろう。

一個人の力で動かせる範囲の仕事には明らかに限界がある。それを熟知していなくてはならない。「身のほど知らず」と言われないためにも。

そのときふと妙案が浮かんだ。これならうまくいくかもしれない。いや、説得する自信がある。

8　土下座

帰宅すると牧子は夕食の支度をしていた。

「牧子、ちょっと話があるんだ。こっちに来てくれ」

「なーに。いま手が離せないわ」

「まぁ、それは後回しにして、ソファーに掛けてくださいな」

牧子が手をエプロンで拭いながらやってきて坐った。

「じつは、悩みに悩んだ末のことなんだけど」

「ええ」

「二人で一戸建て購入のための貯金があったね」

「もちろん。毎月五万円ずつ、のが。わかった、その貯金にいくらか足して、一戸建てを買うのね。やっとあなたも日本に落ち着く気になってくれたのね」

想定外の回答だ。ベトナムでのボランティアなど辞めて日本で定職をみつける方向だと捉えている。

「いや、そうではないんだ」

「なら、なんなの。ほかになにがあるって言うの？」

首を傾げている。

「欲しい医療機器があってね、一台、数百万するんだ。ぼく個人での購入は無理だから、いくつかの支援機関に当たってみた。でも、どこも、うん、と言ってくれなくて苦慮してる」

「その機械さえあれば、手術が楽になって、患者さんも助かる率が上がるっていうわけ？」

「そうなんだ」

「あのね、コーちゃん、この際言っておくけどね、そんな時間があったら、日本で目の病気で困っているひとたちを治療したらどうなの。わざわざベトナムくんだりまで出かけてなにやってるのよ。慈善家ぶるのもたいがいにしてよ。迷惑をこうむっているのは、あなたの妻のわたしと真子なのよ。わたしたちとベトナムのひとのどっちが大切なの？　きっぱりと訊かせてちょうだいな。いい女《ひと》が出来たのね」

舌鋒鋭く迫ってくる。浩介は足元を向いて耐えた。かなりストレスが溜まっているようだ。

「コンドームは一度も使っていない」

「間が抜けたひとだこと。そんなことで苛立っているんじゃないわよ。このおたんこなす。相変わらず子供ね」

浩介は顔を上げテーブルに両手をついて、

「お金なら、頑張って稼いでくる。贅沢もしない。車も売る。だからなんとか貯金をおろしてほしい」

「いいですか。浩介さん。日本であちこちまわって得たお金でベトナムに行って、そのお金を使い果たして帰ってくる。いったいどうやって貯蓄するつもりなの？　真子だってこんなことくらいわかるわよ。四十過ぎの男の台詞とは思えないわ。生活感覚がないのね。まえにも言ったけど、浩介さん、あなたは『無償、無償』と言い張るけれど、『無償』ってなんなのよ。その『無償行為』を実践したお義父さまを、その昔、難詰したのは誰なのよ」

吐き捨てるように喋り終えると、席を立ってキッチンへと急いだ。

反抗期の光景が蘇ってくる。親父の過剰な仕事をけなした自分がそれと同じことをやっている。あきらかに矛盾している。反抗期の言い分だ、と片づけられるものではない。しかし、目標を達成しなくてはならない。親父の心持が納得できる年齢になっている。

生活感覚——これは備《そな》わっていないかもしれない。もしそれが与えられていたのなら、このような伝書バトにも似た生活を送っているはずがないからだ。なんのためにベトナムに、はるばると出向いているのか？　牧子の諫めの言葉が改めてモチヴェイションの確認へと追いやった。

ひとのために役に立つことをせよ――親父の言葉が蘇る。だが、その「ひと」のなかには最愛の妻である牧子や愛娘の真子も含まれている。高額の医療機器と天秤にかけてはかる種類のものではない。一方は物質、他方は愛情に充ちた生活なのだ。貯金も、具体的なわが家の購入実現のためにこつこつ貯めてきたものだ。牧子の訴えは当を得ている。そこまできて、あっと気づいた。

浩介をベトナムに向かわせていたのが、「親父の言葉による」という単純な事実だ。ちょっと考えれば、それが浩介自身からの発意ではないことだ。親父の遺言めいた言葉に突き動かされているに過ぎないのではないか？　ビン女医との出会いが、たとえ運命的なものであっても、あれも頼まれたからの話であって、自分から調べてボランティア精神でベトナムにわたったのではない。

「慈善行為」と誤解されても仕方がないのではないか。その「誤解」こそ、浩介の医療行為が外からの力に拠っていることを語っているのだ。浩介は目的を持たずに三十八歳まで日本で治療を行なってきた。その尻に火がついたのだ。そして体力に恵まれ、眼底手術の技量もあって声をかけられた。

頭をかかえた。自発的に歩き出した道は皆無だ。眼科医になったのも医局の山川教授の人柄に惹かれたからであって、みずから進んでではない。牧子の叱責は的を射ている。それでもお金が必要なのだ。浩介はこちらに背中を向けて流しに立っている牧子に近づいた。そして懇願した。

「牧子、このとおりだ。頼む！」

頭を下げた。牧子が振り返った。浩介はしぜん、土下座していた。

「やめてちょうだい。みすぼらしい。家庭内でのお金と仕事の上での金銭のやりとり、それはきっぱりべつのものとしてほしいの。これがわたしの、あなたの妻としての考え。変えるつもりはないわ。諦めてちょうだい。わかるでしょう、こんなことくらい。四十を超えた男なら」

そこを枉《ま》げて、と次の言葉が口先まで上ってきていたが、呑み込んだ。これ以上は無理だ。金銭が絡むと人間関係が崩れるときがある。夫婦の仲も例外ではないだろう。

「……そうか、わかった。この件はなかったことにしてくれ」

「もちろん」

牧子は毅然としている。

最後の道がもろくも絶たれた。さて、どうしようか？

気まずい夕食が始まった。大好きなカツカレーだったが、スプーンの運びがのろい。無言のまま、目を合わせずに食べ終えた。その二人の様子を真子が不思議な目つきでうかがっていた。

翌日、眼鏡を変えようと繁華街まで出て、眼鏡製造・販売大手の株式会社『ひとみ眼鏡』の大宰府支店に足を向けた。支店長の山際とは顔見知りだ。聖ルカ病院で働いていたとき、多くの患者を紹介して、眼鏡を作ってもらった縁がある。

「あっ、八木先生。この頃、さっぱりおみかけしていませんが、どうされているのです?」

六十代半ばの店主、山際が怪訝な目つきで問うてきた。

「ご無沙汰しています。じつは」と浩介は、ベトナム人の眼科治療に当たっている旨を話した。

「先生は奇特な方だ。ベトナムまでとは」

「みなさんにそう言われますよ。使命感みたいなものです」

「先生、お言葉を返すようで恐縮ですが、『使命感』なんて抱いてはやってはいられなくなりますよ、早晩」

意外な言葉に浩介は困惑した。

「というと?」

「月の二週間を日本の各地の眼科医でベトナムでの診療の元手を稼いで、かの地で無償で診察する。それって、体のいい二股じゃないですか。どちらか一方に落ち着くべきですよ」

「……店長、それはわかっていますが、ベトナムの医療はほんとにどん底状態なのです。なんとかしなくてはならない」

「わかります。ならば、『国境なき医師団』にでも入られればよい。ベトナムに限らず多数の国で診察できますよ」

返答に詰まった。山際の述べたことは正論なのだ。眼科医として働くのになにもベトナムにこだわることはない。自分の積み重ねてきた医療行為をくつがえされそうだ。

「山際さん、引いてしまいますよ。そんなことを言われたら」

山際は薄笑いを浮かべている。

「ま、そういう一途なところが先生のお人柄ですがね。その性格を生かす場がベトナムなんでしょう。おそらくね。……わたしどもでなにかお手つだい出来ることがありましたら、仰ってください。本社に掛け合ってみますから」

掌を返したような発言だ。

「いま、なんと?」

「ですから、先生のお人柄に惹かれて、なにかご支援を、と言ったのです。この歳になりますとね、世渡りの下手なひとをなんとか助けたいと思ってしまうのです。八木先生は誠実で実直なお人柄だが、それが極端になって愚直に思えてしまいます」

返答が出来なかった。世渡り上手でない、とはじめて言われた。「愚直」とも。これまで耳にしたことがない。

「……愚直ですか?」

やっと返した。

「まあ、そうびっくりなさらずに。表現を変えると、『男気』があるって言うことですよ」

「男気……義侠心ですね……そう言われるとまんざらでもないです」

頭をかいた。頬が紅潮してくる。

浩介は観察されているのだ。ビン女医も第六勘で看て取っていたのかもしれない。他の眼科医に頼んでも断られるのがオチだが、浩介なら引き受ける、ということを。

「それではすぐにお願いしたいことがあります」

浩介は牧子にも要望した高額の医療機器の購入を頼んだ。

「引き受けました。さっそく無理を承知で本社に頼んでみます」

眼鏡業界では売り上げ第一位の『ひとみ眼鏡』が一肌脱いでくれそうだ。こころ強い。

そしてそれはうまくいった。ただし、半額は浩介のローンとされた。それでもないよりはましだ。牧子には一戸建て購入の貯金を続けてもらえる。

9　東日本大震災

二〇一一年三月初旬、浩介はベトナムで診療を行なっていた。

春だというのに蒸し暑い。今回は十五日まで滞在する予定だ。ベトナム人の生活方式に合わせ始めてから、彼らとの摩擦が格段に減った。浩介も午睡を取ることにした。昼寝の効果はてきめんだ。午後からの手術に張りが出て、ノリもよかった。スタッフも自分から進んで機材の消毒や点検に取り組むようになっている。

またベトナム人若手医師が見習いかつ助手の役目を進んでになってくれた。いずれの青年も熱心だった。さらに驚くことに、日本からもボランティアがやってきた。眼科医師の研修生もいたが、医者という職業とまったく関係のない青年たち――例えば理容師の卵、大学生、それにニートなど――が日本人独特の感性を発揮してくれて、細かいところまで気を配って支えてくれた。浩介たちの新婚旅行はそれまでお互いに貯めていた貯金を崩して、贅沢にも北米周遊だった。帰国時の飛行機が、アラスカのアンカレジに途中着陸したときのことだ。空港内に出てなにか買おうと歩いていると、うどん屋がみつかった。アンカレジまでくると、もう日本が目と鼻の先だからこうした店もあるだろうと思い、味を確かめたくなって二人で月見うどんを注文した。

そのとき気づいたのはまんざらでもないうどんの味のほかに、器を手にしてあたりを見まわしながら目に入ってきた光景だ。それまで北米の空港で体験しなかった気分なのだ――小ぎれい――この微妙な形容詞がアンカレジの空港に当てはまった。

うどん屋の店を出していたのは日本人だ。日本人があちらこちらにいる。アルコール類を販売している店の従業員。お菓子を売りさばいている売り子もだ。そして清掃係のおばさんも日本のひと。日本人がいると、まわりが小ぎれいになるのだ。「きれい」と「きたない」の中間の言葉に思えるが、一種独特な雰囲気の文言だ。

ベトナムでも日本人のボランティアが増えると、診察室や手術室、それに待合の廊下が小ぎれいになっていった。日本人はやはり心配り・目配りの利く国民なのだろう。やる気のあるベトナム人スタッフのなかから率先してそれを真似るひともいた。この点、だいぶ意識改革が進んできた。

『ひとみ眼鏡』本社の支援による医療機器の提供で、手術の精度と速さが三倍以上になった。午後の四時間で大勢の患者の手術が叶った。でも、あいも変わらず無償だ。

この「無償」という件で、過日、親父と、そして現時点で牧子とも言い合いになった。牧子が主張するには、「無償とは、ある行為にたいして代価を求めないこと」を意味していて、恩きせがましさを感じるという。それに引き換え「無給」、「無料」のほうが、読んで字のごとくはっきりして気が楽なのではないか、と。

「コーちゃんは、いつも『無償』と言うけれど、『無給』、のほうが聞こえがいいわ」

これはわりと本質をつく問いかけだ。浩介はなんら疑問を覚えずに「無償」という成句を使っていたし、自分でも「無給」という気はしていなかった。新聞で活動内容を取り挙げてくれたときも、「無償」＝「平成の赤ひげ」だ。確かに「無償」には、「報酬」は伴わない。つまりボランティアなのだ（ボランティアとは「社会貢献」、即ち、「自己犠牲」ではなく、社会にたいする「自己投資」だ）。

「無給」の反意語は「有給」と決まっている。でも、牧子の素朴な疑問は一考の価値があった。ベトナムのひとたちがいずれの単語で受け止めているかが気になった。共通しているのは治療費の免除ということなのだけれども……。

二〇〇七年にはベトナム政府より「人民保健記念賞」を叙勲されたが、肝心の現場への資金援助はない。もっと精密な機材もほしいし、優秀な眼科医養成の機関も設けてほしい。社会主義国の国家予算の組み方はいったいどのような視座に立ってなされるのだろうと、再三、考え込んでしまう。軍事費にいちばん多く割かれるのか。次はインフラの整備費か。医療費をはじめとする福祉関係の予算は、せいぜい教育費の次くらいでいちばん下位ではなかろうか。

国立と称する眼科専門病院を設立したのは、現地のひとに目を患う数が多いからだろう。しかし、国立の名に実態が伴っていないのが実情だ。もっと設備の整った私立の眼科病院を設立したくなってくる。そこでは診察費を取る。いわゆるお金持ちを相手に診療するつもりだ。おそらくベトナム人の富裕層だけではなく東南アジアやインドシナ半島の国々の金持ちがやってきてくれるだろう。そこで問題となるのは、また資金集めだ。

日本で「行脚」している各クリニックに打診してみようか、いや、泣きついてみようか。あるいは再度、『ひとみ眼鏡』に頼ってみるか。とにかく理解を得るのがいつも難題だ。牧子さえ説き伏せられなかったのだから、そろそろ自分の限界を悟ってもよさそうな時期に来ているのかもしれない。あれやこれやと想いを巡らすとつい自分を追い込んでしまう。

そんなときだ。日本からとんでもない報せが届いたのは。現地の新聞にも一面で取り上げられた。

二〇一一年三月十一日午前二時四十六分、日本周辺で、観察史上最大であるマグニチュード九・〇の地震が宮城、福島、岩手県の海岸沿いを席巻《せっけん》した。さらに、三県の海岸は大規模な津波に襲われたという。福島県の沿岸には、東京電力管轄の福島第一原発があり、その施設が被災した（福島第一原発事故）。脳裡に郡山の越田眼科のことが浮かんだ。もしかしたら被害を被っているかもしれない。心中穏やかではない。

ベトナムから、今回に限って早々に帰国することにした。

成田に到着すると、そのまま郡山に向かった。

郡山駅まえは看板が落ちていたり、道路がせり上がっていたりして、地震の強さを物語っている。車の行き交いのない道路をわたって越田眼科の門をくぐった。医院は開店休業といった雰囲気で、あらかじめ連絡を入れておいた越田先生が出迎えてくれた。

「八木先生、はるばるよくきて下さった。もうメチャクチャです」

越田の声は憔悴し切っている。

「ともかく、院内を拝見させて下さい」

「わかりました。どうぞ。足元に気をつけてくださいね」

電気がまだ復旧していないらしく、越田は懐中電灯を持って浩介の足元を照らした。

「これは……」

言葉に詰まった。

「診察室のほうはなんとか無事だったのですが、待合室がこんな風だとねぇ」

フローリングの床に大きな穴ががうがたれている。バキッという音が耳に聞こえた。椅子も八割方壊れてしまっている。

「これでは患者さんたちに不便をかけますね」

「ええ。でも八木先生、わたしは明日からでも診察を再開するつもりです。非常勤の先生全員から行けないとの連絡を受けましたので、わたし独りでやるつもりです」

越田は曜日ごとの診察担当のパネルに電灯の光を当てた。みな休診になっている。この医院は院長である越田の物腰が柔らかく丁寧な診察で人気を保っている。非常勤の人選も越田の目にかなった若手にしか声をかけていない。その青年医師も地震の厄災のためやってこられないのだ。浩介はしばし考えた。

「……先生、是非、手伝わせてください。なーに、報酬は結構です」

「この被害で、患者さんたちもこられないかもしれませんよ。ベトナムのための費用を出せない不安もあります。それでは先生にご迷惑をおかけすることになってしまう」

「構いません。患者さんのいるところ八木あり、です」

「そうですか。ありがたいことです」

越田が懐中電灯を持った手で浩介の手を強く握った。頼みます、という声が聞こえた。

ふと、高価な医療器械を購入するために牧子に土下座した自分が蘇った。金銭が入用なのだ。越田医師になにをいまさらええ格好しているのか。聖人君子でもあるまいし。「ひとの役に立ちたい」――これに背中を押されたのか。

ベトナムと日本を往復するうちに、自分の診察スタイルが刷新されてゆくのではなく、すっかり定着化してしまっていた。特に困っているひとに出会った場合に救いたいという激しい衝動にかられる。八木、おまえ、病気ちゃうん？　とまじめに尋ねてきた友人もいたほどだ。また、地に足をつけてたらどうや、と忠告してくれた先輩もいた。みな、当たっている。

「そやけど、オレの生き方も認めてくれへんと。ひとつの型に押し込まないでいてくれよな」と浩介はこころのなかで反論した。だが、反駁すればするほど、意固地になってゆく自分が確かにいた。いちど手を染めたことから身は退きたくない。親父がそうだった――また「親父」か。逃れ切れない。親父の遺していった文言から離れてはじめて、八木浩介が屹立できるのではあるまいか。

越田眼科ではその日のうちに診察を始めた。何名かの患者たちが来院した。

「まさか、診療をしているとは思いませんでした」

みな口をそろえた。助かります、とも。

越田医師は建設業者に破損した箇所の修理を依頼した。幸い電話は通じている。診察どころではないようだ。当然だろう。そこを支えるのが浩介の役目なのだから。

翌日、患者数はもっと増えた。他の眼科がみな休診の札を玄関にかけているという。そういう噂を聞くと張り切らざるを得ない。性分としか言えない。大阪人の心根に潜む浪花節根性が芽吹くのに違いない。良く言えば善良者、悪く言えばひとがいい、となるか。

浩介自身のなかに大阪人の血が流れていることは否定できない。結句、「おひとよし」なのだ。頼まれたら拒めない——これに尽きる。これまでの事例を振り返っても、認めざるを得ない。他人に煽《あお》られたらすぐに乗ってしまう、単純な性格。純一でもあるが、それは自分が眼科医という資格を持っているからこそで、それゆえ横道にそれず技術を活かせられるのだ。

東日本大震災という未曽有の混乱が起きて、無償で働くこと。まさにボランティアだ。この言葉、「みずから進んで」が原義だ。サーヴィスには金銭が発生する。そこがこの二つの似通っている言葉の差異だ。ベトナムでの仕事こそボランティアだ。

日本で稼ぐ。ベトナムで貢ぐ。この繰り返しを続けている。牧子からは貯金が一定の額に達したから一戸建てを買おうかと言ってくるが、二人して物件を探しまわる暇がない。

「時間が割けないいんだ」

正直に応えると、

「どうしてなの？」

訝し気に返事が返ってくる。

「とにかく、忙しくて」

「子供がごねるようなこと、もうやめて」

これらは、電話でのやりとりだ。帰国しても逢わずに国内を行脚してベトナムに行く回数が増えている。牧子は大宰府の賃貸マンションで暮らしている。

「牧子に任せるよ。良い物件がみつかったら、そこに決めてくれ」

「真子と三人で住む家よ。わたし、責任持てない。……ところでコーちゃん。洗濯物はどうしているの？　着替えは？」

「洗濯はホテルのサーヴィスを利用している。着替えはデパートで買って、古いものは棄てている。心配しないでもいい」

「結構お金のかかる生活をしてるのね。贅沢だわ。節約するって言ってなかった？」

「……」

それもそうだ、と反芻したがあえて口には出さなかった。

「矛盾してるわね。そのやり方。いったいどう思ってんの？」

「オレの好きにさせてくれ」

「この際、はっきり言っておきますけど、わたし、生身の『女』ですからね」

「なに言ってるんだ。百も承知さ」

「そう、ならいいわ。わたしの一存で決めるから」

「頼む」

こうした電話での対話が四、五回、繰り返された。またか、という思いが湧いたが我慢した。男が安心して仕事を続けるためには妻に耐えてもらわなくてはならない面がたくさんある。特に浩介のような渡り鳥にとっては。それを浩介はよしとした。そこには牧子への絶大なる信頼があった。


二〇一一年の春以降は東北地方での治療では一銭にもならず、それ以外の地域での診察や手術で経費を得、ベトナムに向かった。

その歳の暮れ、牧子は三人暮らしに最適だと判断した戸建て住宅を、三十年ローンで購入した。夫が医師であることがひとつの信頼を生んでくれたようだ。感謝しようにもいつも不在なのだから、しぜん涙が出て仕方がなかった。

そして久しぶりの正月を真新しい家で過ごす機会を得た。ところが、元旦から、発熱や嘔吐、それに下痢をともなう、食あたりに襲われた。原因は、香港経由の日本の大手の旅客機で出された機内食に違いない。これで四度目だ。仕事始めは、北大での手術だ。三が日は寝正月だ。でも治せる自信はある。

年末にかけて、クアンニン県、ダックラック県と、二カ所まわらねばならず、食事にはとくだんの注意をはらってきたが、移動の時間で食べた食物に当たってしまった。食事ほど恐ろしいものはない。ベトナム各地、それにとんでもない機内食——ここまで神経を使わなくてはならないのか。

「コーちゃん、具合がよくなってもこの大雪で札幌まで飛行機、飛ぶと思う？」

「それが問題だ。そうなったらキャンセルせざるを得ないな。それにしても十五年ぶりの寒波に大雪とは。現代人も自然には無力なものだ。北大の先生には電話を入れておく。明後日、ミャンマーに発《た》とう」

「旧ビルマね。コーちゃんの活動範囲も広がったものね」

「うん。ま、大都市の、ヤンゴンとマンダレーでの眼科専門病院開院のセレモニーでのゲストだけどね。きっとその後、治療が待っているに決まっている」

そうして浩介は福岡空港に向かった。だが、雪のためにいったんは搭乗したが旅客機は動かず、三時間待たせられたのち、その便は欠航となった。浩介はロビーで一夜を明かし、翌日の便でミャンマーにようやく旅立てた。

ヤンゴン、マンダレーの二大都市での開院祝いやチャリティーショーに参席して、声のかからぬうちにハノイ行きの便に乗るため、タクシーで空港へと向かう。しかし、フライトが、原因も知らされず二時間遅れで離陸。東南アジアではよくあることなので、気にもならなかったが、正直、またかという気分だ。

ハノイに到着したのが、午前一時。市街に入らずに、空港付近のホテルで過ごすことにする。このホテル、使い慣れていて、すっかり安心し、部屋に入るやいなや床に身を投げ打ち寝そべった。すると、疲れがたまっていたからか、すぐに寝入ってしまった。


……それで、と牧子は浩介から届いた手紙を読み続ける。めったに書信をくれない夫なので、何事かと目を便箋に釘づけにしている。

「夜中に尿意を覚えて眼鏡なしでバスユニットへ行った。運悪く、床がぬれていたため転倒してしまった。逆エビ反りになった。腰に激痛が走る。火花のようだった。夜が明けるまで腰痛に耐え、ハノイの病院で、X線、CTスキャンを受けた。牧子、おどろくなかれ、痛みの発生点と異なる場所にヘルニアが発症していたよ。この日は痛み以外の症状は出ていなかった。でも、次の日、左足にマヒがみられた。しかし、ハノイでの治療を怠ることは出来ず、白内障や網膜硝子体手術を手がける。うまくいった。

これではまずいし、日本での治療の約束もあるから、帰国。だから、いま和歌山市にいる。依然としてマヒが出て激しく痛むので、県立和歌山病院の麻酔科医の先生にブロック注射を打ってもらった。これは根治治療でないので、今後、いつ再発するか不安……」

そして最後の行——「二月はじめのハノイ行きを延期して、和歌山にて椎間板ヘルニアの内視鏡手術を受けることにした。見舞いにこなくてもいいです。ぼくも医者ですから……」

牧子は便箋を折りたたんだ。こんなにまで自分のからだをイジメている浩介の心情をはかりかねた。もう、いいじゃないの、と。おそらく浩介はイジメているとは思っていないはずだけれども。

結婚して二十年は越えているのに……。

牧子は大きく溜息をついた。

10　根気

浩介はいろいろなひとからベトナムでの奉仕活動の動機を尋ねられる。いいことをしてあげたという気分に浸っているのか、とはっきり口には出さずとも質問者の目がそれを語っている場合が多い。

友人に浄土真宗の僧侶がいるが、彼があるときこんな話をしてくれた。法話としてもよく用いる定番だそうだ。高齢者やからだの不自由な方、さらに妊婦などに、バスや電車内で席を譲る話だ。

「席を譲った時点で、自分は良いことをした、と思った瞬間、もうそのひとの善意は霧散するんだ。無心さが消えてしまうからね」

「そうか、してあげた、という自分の行為にうぬぼれてはいけないんだ」

「そのとおり。その段階で仏心が去って行くんだ」

浩介の無償の医療行為に、「仏心」は留まっているはずだ。なぜなら、手術に成功した患者さんの笑顔をみるほど嬉しいことはないからだ。全身が満腔の歓びで満たされる瞬間だ。こうした現場に立ち会える歓喜こそ、浩介がベトナムで活動している原動力なのだ。そのとき、親父もそう述べていたことが思い浮かんだ。

そうしたことを自分に言い聞かせて日々を送ってきたある日、手足は短いが黒髪の少女が父親に手を引かれて、恐る恐る診察室に入ってきた。肩をつぼめたその風体から重傷だと容易に想像できた。

少女はスリットと称される診察顕微鏡のまえに坐って顎を固定台の上にのせた。その目に光は感ぜられず、焦点が、対面する浩介をとおり越して遠方を眺めている。瞳がうつろに宙をさまよっていた。

「いくつなんだい」

少女は聞き耳を立ててから、

「九つ」と応えた。張りのない声だ。自分の将来を想い描き切れない、いまや絶望の淵にたたずんでいるようだ。その少女の低い声に浩介のほうが緊張した。スリットを覗き込んで、少女の目を丹念に調べる。

「もっと早く診察していたら……」

しぜんとつぶやいていた。左目が増殖性網膜剥離で失明している。片方の右目も予断を許さないほどに悪化している。

網膜増殖性剥離とは、目のなかの硝子体内に増殖膜が発生して縮み、無数の皺が出来ることで、目の奥にある網膜が引っ張られて剥がれてしまう病気だ。かなり重症で、手術は難度が高く、高度な技術が必要とされる。この少女の目は日本でも通常なら回復する見込みはゼロに近い。しかし、いま試みればなんとか治せるかもしれない。つき添ってきた父親にすべてを打ち明けた。

「で、費用は?」

「特殊な材料を使うため、三〇〇ドルは入用です」

父親はがくりとして、

「うちには無理だ。連れて帰らせてもらう」

彼は言い終わらないうちに娘の手を握って、引っ張って帰ろうとした。

「ちょっと待ってくれ。お金はなんとかする。支払いは私がなんとかする。だから帰らないでほしい。手術は明後日金曜日の午後。いいね。お父さん、手術を受けさせてあげて下さい」

念を押して、横に坐っているベトナム人医師に、予定表に書き入れるよう頼んだ。

「ドクター・八木、目いっぱいつまってます。無理です」

「そこをなんとかして」

予定表はほんとうにびっしりと名前であふれている。ほんの少しの隙間でもいいから、みつけて入れてくれ、と懇願する。ベトナム人医師はもう浩介の意志の強さを知っているので、目を凝らして予定表をみつめ、あっ、ここに記入して置きます、と口に出した。

ほっとした。

ベトナムにやってきた当時は、予定表ががらあきなのに、平然として書き込まなかったベトナム人のスタッフたちだったが、いまは一変している。苦言を呈することなく書き加えてくれる。突然の手術でも、引き受けることが出来た。医療は連携プレーだ。こうした当たりまえで単純なことをからだの芯まで把握してもらうのに一年がかかった。いま思えばなつかしくもある苦難な歩みだ。

その日がきた。十二歳以下の子供には全身麻酔をかける。少女は眠りに落ちて目を閉じた。開瞼器で開いた状態に保持する。深呼吸する。全神経を集中して少女の目に内視鏡を差し入れる。周りからいっせいに音という音が消える。

プツンという感触が内視鏡を通して指先に伝わってくる。眼球がひしゃげて上下に揺れる。モニターの画面に眼球内の硝子体が映し出される。硝子体内の液体のなかで揺らめく増殖膜が想定外と言えるほどはびこっている。この膜を取り除き、縮み上がって出来た皺を丁寧に、まさに一本一本慎重に伸ばして網膜をもとどおりのきれいな形に治していく。そうしなければ、少女の目は視力を失ってしまう。

根気しかない。チューイングガムが衣服にくっついた場合を想像してみてほしい。しつこく粘りついた増殖膜は一長一短では取り除けない。器具を操作する――余計な力は不用だ。すでに小一時間が経過している。「ガム」はなかなか剝がれてくれない。

手術を長引かせて少女に負荷をかけたくない。これがオレの限界か。辞めるのは簡単だ。だが、この少女の人生はどうなるのか。光の点らない未来しか訪れないのだ。やるしかない。三時間くらい経過したときだ。変化の兆しが訪れた。膜がきれいに剝がれ始めたのだ。ついにそのときがやってきた。網膜がきれいに伸びたのだ。手術は終わった。額は汗みずくだ。浩介は全身麻酔が切れるのを待った。手術室から出て、不安げに廊下を往ったりきたりしている父親を呼び止めた。

「お父さん、手術は成功しました。お嬢さんは失明から免れました。よかったですね」

すると父の顔が綻び、浩介の手を両手でくるんだ。それは握手ではなく、文字通り包む仕草だ。涙を浮かべている。こちらもある種の感慨を覚えている。目頭が熱くなる。

「よかったですね」ともういちど声を掛けた。

少女は目に巻いた包帯が取れるまで、二、三日、入院した。退院のその日、浩介は包帯を解いた。そして、彼女の目のまえに手をかざして、見えるかい？　と尋ねた。少女はうんと頷いた。これでこれからの彼女の人生が、これまでとは全く違ったものとなるだろう。隻眼《せきがん》では距離感がわからないのが難点といえば難点だが、とにかく視力を回復した点では奇貨居くべしだ。未来がしぜんと拓けるだろう。娘の手を引いた父親がまた言った——治療費、それに手術代、それに入院費、とてもじゃないがお支払い出来ません。どうしたらよいでしょうか？　この病院で雇って下されば、その分の代金をお支払い出来ると思います。モップ掛けでもトイレ掃除でもなんでもいたしますから。

頭を下げて懇願してくる。浩介はその律義さに胸を打たれるが、それゆえになおのことこう返答せざるを得ない。

「お父さん、先日、申し上げたように、お金は結構です。私のほうでなんとかします。いまはお嬢さんの目に光がもどったということを第一番に考え、これからの生活の計画を立ててください」

父親は唇を噛んだ。金銭問題は彼の沽券《こけん》にかかわることなのだろう。どんなに貧乏しても、タダでは済まされない。乞食ではないのだ。浩介はその矜持《きょうじ》を払いのけたことになったかもしれない。困っている方から治療代を受け取らないで、当方が負担する——これが浩介の方針だったが、それでは済まされない自負を抱いたひとも存在するのだ。そうしたひとたちを侮辱したことになる。対価を支払うという、貧しいがそれを指針にして生きているベトナムのひとたちにとって、浩介の行為は偽善と映っているに違いない。慈善行為が諸刃の刃となっている。

その父親はガンとして首を縦に振らなかった。病院で働いてその給金を支払いにまわす、と言って利かなかった。べつに意地を張っているというふうにはうかがえない。このひとの心構えを理解すべきだと結論した浩介は、一週間、パートで清掃を手伝ってもらうことにした。父親はようやく納得したようで、掃除やモップかけに勤しんで帰っていった。

しかし浩介はそこにベトナムのひとたちの品位と見識とを読み取るべきだった。タダほど恐いモノはない、と言われているのではないか。浩介の行為はまさにその「恐い」に属しているのだろう。これは、猛省しなくてはならない。だが、現に、治療費負担なし、で助かっている患者もいる。この二つの組分けのほかに、当初から支払いに糸目もつけない富裕層が存在する。こうしたひとたちには遠慮はしていなかった。

ふと、過日思いついたことが蘇ってきた。診療費を必ず支払うのを定めとする、そういった種類の病院をひとつ建てればよいのだ。ベトナム人に限らず、東南アジアの国々の富裕層がやってきても一向に構わない病院を。

これは苦肉の策だが、貧困に悩むひとたちを救うには、累進課税と同様に、金銭的に恵まれているひとから頂戴するしかない。上手くいけば、いろいろな立場のひとたちの治療をすることが出来るだろう。健康とお金を天秤にかけることを性分上よしとしなかったが、東南アジアの発展途上諸国にあっては、やむを得ない対策だと思えた。

さっそく資金調達に動かなくてはならない。ハノイ市長に掛け合うのが第一だろう。ベトナムのためになる国家プロジェクトを組んでもらうのだ。国家が無理ならば、ハノイ市が名乗りをあげてくれれば大助かりだ。あと、民間の医療関係の会社に声をかけてみるつもりだが、どことなく民間企業は無理なような気がしている。ベトナムがダメなら日本の会社しかないのだが、他国のためにそうした投資をするかどうか不分明だ。日本の企業にもそれほどの余裕はないだろう。『ひとみ眼鏡』は例外だ。

このように構想が膨らみつつあるとき、ハノイ国立病院で新病棟建設の話が持ち上がった。浩介はそれに乗ることを考えた。新病棟のワンフロアーを眼科に譲り受けたいと病院側に申し出た。二〇〇七年のことだ。当時の院長は浩介の意向に賛同してくれた。

「是非、実現にこぎつけましょう。病院サイドも出来る限り尽力します。その代わりなんですが、日本から資本提供を受けたいのですが」

院長の声がにわかに低くなった。

「資金提供ですか？」

「いえ、提供というよりか、調達といったほうがよいかもしれません」

「調達……」

一瞬、考え込んだ。「提供」と「調達」——この二つの言葉、結局、同じことを表と裏から表現しているのではないか。いずれにも共通しているのは日本側がお金を融通することだ。

「先生にもお力添えいただきたい」

今度は力強く述べた。

「もちろんです。ぼくは、もっぱら医療面で知識と経験と技術を、と願っています。今回の施設をぼくの理想に近いものにしたい。日本の『ひとみ眼鏡』にも打診してみましょう」

とたんに、院長の顔が綻んだ。

「こんな案はいかがでしょうか。この計画のために新会社を設立することにする。先生が顧問で、わたしが取締まり役に就く」

「名案ですね。それでお願いしたい」

二人はすっかり乗り気になった。だが、ここに落とし穴があった。院長も浩介も世間知らずだということを思い知らされることになる。会社経営には損得という理念がつきまとうということだ。二人とも医療の分野では、多少とも誇るものはあったが、病院経営といった世俗世界の領域には疎い、世間知らずなのだ。

加えて院長が定年で辞める事態が起こった。新院長は前院長の事業を引き継ごうという意欲はないようにみえた。この人物はきわめて現実直視で、浩介にこう尋ねてきた――ドクター・八木、この計画で得た利益の配分はどうなさるつもりですか？

寝耳に水だ。こういったことまで配慮が行き届いていなかった。

「折半では？」

しぜんに出た。

「……こちらは場所を提供しているのですから、まず、賃貸契約が必要です。それに収益の三分の二を頂きたい」

「どうしてフィフティ・フィフティではいけないのです」

いら立ってくる。

「先生はベトナムのどこへ行っても患者が集まってくる名医だ。お金に不自由はしない。ところが新設される眼科には、そう、なんと言おうか、伝統というものがない。だから利益の見込みが薄い」

言い切った。

ここまで断言されると、浩介の立場では如何ともしがたく、だからと言って身を引くことも出来ない気がして、忸怩《じくじ》たる思いに陥った。

第III部

11　浪人生活

高校の担任の教諭は浩介の肚の裡を簡単に見破った。

「八木、本気で言っているのか？　君のいまの成績では医学部合格には二浪を覚悟しなくてはならないだろうな。それでどの大学の医学部を受けるつもりだ？」

「阪大です」

担任は呆れた顔をして、

「ならば、それなら三浪だな。そもそも八木は文系志望だと思っていたんだが」

「親父が胃癌で死んだので……」

「そうか、それでか。ともかく三浪は確実だ」

「三浪、ですか」

いくら浪人しなくてはならないと言われても三浪はきつい。

「先生、二浪で入ってみせます。安心してください」

士気を高めて言い募った。

「その心意気だ。ひとつ頑張ってみなさい」

担任のこの文言に浩介は背中を押された。

その日を境に浩介はひとが変わったように勉学にいそしんだ。この場合、教科書を用いて勉強するのがいちばん効率がよいと知っていた。やたら参考書に頼ってみても学力がつくかどうかはわからない。高校入試の際でそれは経験済みだ。市販の分厚い参考書は山ほど売られていてそれらに首を突っ込むと勉強はした気になっても、身につかない。

受験勉強の勝利者の条件の第一は、どれだけ早く教科書の良さに気づいてもどってくるかどうかだ。極論すれば、教科書ほど優れた参考書は他にない、ということだ。

歳を越して受験シーズンが近づいてきた。関西では私立大学の入試が二月初旬から実施され、だいたい十日までがひと区切りとなる。国公立大学は、一月中旬にセンター入試があって、二次試験は二月の二十日代だ。その発表は三月上旬に行われる。

浩介が高校で進路指導を受けたときは、まだ医学部合格にはほど遠い成績だ、薬学部ならいけると言われた。妥協する気はなかったので、最後は自分で決めなさい、という言葉にしたがって大阪大学の医学部に願書を送付した。結果は目にみえていて、見事に振られた。一浪目を京阪予備校ですごした。文系にしておけばよかったかな、と思ってもみたが、いったん医学部と決めたからには曲げることなど出来ようはずもない。

しかし、教師が明言したように、一浪して挑戦しても歯が立たなかった。同じ予備校で二浪目をすることになった。京阪予備校で二浪は珍しくなかった。見覚えのある顔があちらこちらにいた。浩介はなんとなく嬉しくなったし、やっと晴れ晴れした気分にひたれた。自分だけではない、という単純かつ本質的な心境だ。言葉を交わした者たちばかりだ。同胞愛が湧く。

二浪、三浪の多い予備校だったので、テキストの内容が一変していた。新鮮な心持で授業に臨めた。一浪のときの勉強の不備がみえてきた。あれじゃ受からなかったのも無理はない。より綿密に取り組もうと臍《ほぞ》を固めた。

季節の移り変わりは早かった。またたくまに夏がきて、夏期講習を取って、受講し終えた。と思ったら、初秋の風が吹いた。秋という季節はゆっくりと進んでいくような気がした。ちょうど錦秋の頃でもあり、季節も安定して勉学にこれほど適した時節はほかになかった。友達も出来た。みな二浪組だ。そのなかの誰かがきっぱりと言った。

「浪人するたびに、偏差値の高い大学に挑戦できるチャンスに恵まれる。天からの配剤といってもよいくらいだ」

するともうひとりが、

「受験に失敗したことは、裏を返せば、夢をもらったことだ。講師の先生方はぼくたちに夢を与えてくれはる」

浩介は的を射ていると感心した。阪大の次は京大かな、と弾けた気分になった。

席順があがったわけを浩介はこう分析している。一浪目はとにかく予習に力を注いでいた。だが、講義を聴く分にはそれで充分で、予習の密度の薄さをいつも痛感していたが、予習だけで終わってしまっていた。知識が定着していなかったのだ。それで復習の励行を心がけた。授業のあったその日に一回。その二日後に二回目、といった具合で、次週の講義まで最低四回は行なった。回数が増えるたびごとに、漏れていた知識が補塡できた。同じ頁を二週間後にいま一度おさらいした。どれくらい知識が身についているかが、このとき一目瞭然となる。そうしたら、身についていない箇所だけ拾って、『わからなかったノート』と名づけたノートに記載する。英語や歴史の学習に役に立った。

とりわけ高校のときの授業とはまったく異なって高度になっている英語対策に有用だった。たとえば、竹沢という若手で人気のある講師の授業は、目から鱗の連続だった。彼は暗記になりがちな文法を、論理的に指導してくれた。to不定詞と、~ingをとる動詞の説明は圧巻だった。

to不定詞をとる動詞の基底に、「未来」がある、と言った。そしてtoはあくまで「方向」を示す前置詞であることに着目せよ、と。例えば、wantは、「~を欲する、~したい」の意味だから、wantだけの状態では、まだ「なにをしたい」のか不明だ。それゆえ、「方向」を表わすtoがついて、toのあとにくる動詞へと「向かう」、ということになる。to不定詞と暗記せずともよくなる。

また、~ingをとる動詞の代表格に、finishがある。「~し終える」の意味だ。この意味が成立するためには、~ingにくる動詞が、finishより先に行為を為し得ていなくてはならない。もし、to不定詞をとるならば、「これから」のことだから、finishとの整合性は生じない。「~し終える」の「~」の部分は、finishより先に完結していなくてはならないわけだ。したがって、~ingは、「完了」を表わしている。

stopは、to不定詞も~ingもとる特別な動詞だ。to不定詞の場合は、「これから~をやめる」が直訳で、不定詞の目的用法に変化させて、「~のためにやめる」とか、その反対らしき意味に転化し「方向」を意識して、「ゆっくり~する」、「立ち止まって~する」となる。

竹沢講師の授業はたぶんに分析的だが、高校時代には味わえなかった種類のものだった。

読解の授業もこのような調子で進めたので、頭に入ってきやすかった。浩介は竹沢に英文和訳をみてもらう約束をなんとか取りつけて、放課後に講師控え室を訪ねた。竹沢はまだ大学院生で、専門はフランス文学だという。多少自慢げにこんなことも言った。

「君たちが大学生になって副専攻の外国語を選択したとして、その力がどれくらいにいたるかは、君たちのたくわえた英語力に比例します。ですから、受験英語といって偏見を持つのではなく、しっかり読解力を身につけてほしいのです」

新鮮な響きだ。竹沢自身の経験がそのようなことを言わせているのだろう。そして、

「最近、文法を軽視する向きがあるが、第二外国語は『文法』から出発します。これも英語での文法力と比例します。文法軽視説に乗っかってはいけない」

放課後に和訳をみてもらっているときに、

「君はどの大学を志望していますか」

と問われた。

「阪大の医学部です」

浩介はおそるおそる応えた。

「これくらい訳せれば安全圏です。京大の医学部でも、オッケーですよ」

さらに竹沢が続けた。

「英文和訳の出来をみればその生徒がどの大学に合格できるか、わかるものです。僭越なことですがね」

きっぱりと言った。そういうものか。一事が万事なのだ。

しかし、三回目の阪大挑戦もダメだった。その年はセンター入試でしくじったのだ。四浪目に突入だ。かつて母とかわした話が蘇ってくる——あそこの家の息子さんは四浪もして、どういう気でいるんやろ。と。それがわが身に降りかかってきた。この年、私学の医学部には合格してはいた。母は国立がダメだとわかるや、自宅を抵当にいれても私学の医学部に入れてあげる、と励ましてくれた。しかし出来ない相談だった。面接があるというので、一応受けにいくと、開口いちばん母子家庭の方はご遠慮ねがいます、と素っ気なかった。現実だろう。六年間もの授業料や寄付金を支払ってゆく力が浩介の家にあるはずがなかったのだから。

四浪目も京阪予備校で迎えた浩介は、そうはなるまいと願っていた「予備校の主」となっていた。テキストも一浪目と類似していた。三年ずつまわしているのだろう。でも内容に見覚えはあるものの、たいがい忘れていた。竹沢の許に訳文をもっていくと、

「君は……」

「はい、阪大、失敗しました」

「京大を勧めたはずだったけど」

「ぼくは、阪大ファンですので」

「……そうか、残念だったね」

竹沢が肩を落とした。その態度に浩介は驚いた。心底、竹沢が浪人生の行く末を案じていたことがわかったのだ。

「ぼくも二浪しているからね。その二倍の辛さはわかるよ。お家のほうの都合はつくの？」

「はい、なんとか」

「それはよかった。君の英語力にはなにも心配はいらない。他教科との釣り合いを堅持して励んでほしい」

「あのう、もう訳文をみてくれないのでしょうか」

「君ばかり、というわけにはいかないんでね。昨年度は特別に、だったはずだ。それに、もう君は大丈夫だ。数学、国語、理科、社会科のほうに目配りを怠らずに、というところかな。どういう勉強の仕方をしているの？」

「予習よりも復習に重点を置いています」

「結構だ。みんな、予習が六で復習が四とみなしているようだが、それでは成績が伸びてゆかない。予習を怠っても復習は入念に行なうべきだよ。それからこれはぼくの実体験からの教訓なんだけど、歴史という教科の最良の参考書は教科書だ、ということだ。もちろん、高校時代に使っていた教科書のこと。これに気づいた生徒はがぜん歴史の成績が上がるものだよ」

諭《さと》すような口調だ。竹沢講師が本音で話してくれた。


五度目の一月がきた。センター入試は落とせない。是が非でも阪大受験のレベルまで引き上げなくてはならない。四浪までして志望校を変えたくない。

「五浪なんて、とても面倒みきれへんよ。入れる大学にせんとね。単科の医大はどうなん？たとえば、京都府立医大なんか？」

「京都府立医大？　それなら一浪目で受けて、合格していたよ」

「そなら、四浪もしているんだから、大丈夫やろが」

浩介は総合大学に進学したかった。単科の大学は気乗りしないのだ。阪大医学部の判定はCで、府立医大はBだ。

「阪大の歯学部なら、なんとかなりそうなんや」

「あんた、医者になるつもりなんやろ。初心貫徹や」

「でも、四浪までしてもう受験校をさげることは出来へんわ」

「見栄はって、なんやの。医者になるのが本来の目的ちゃうん」

母の言葉は図星だ。だが浩介の矜持《プライド》が許さなかった。これは浪人生活を積み重ねていくうちに誰にでもしぜんに萌す思いだ。偏差値の低い大学を受けられなくなってくるのだ。四浪もしたのだから、夢や可能性が延長されたのだから、それに応えなくては面目まるつぶれだ。浩介もこの病に陥っていた。医者になるのが本来の目的ちゃうん——この母の訴えは正しい。でも、それを受容できない自分がいる。どうしたらよいか。府立医科大学の過去の入試問題をこれまでみたことがなかったので、あわてて『赤本』を買い求めた。科目に挙がっていない。偏頗な大学だ。単科大学の、これが限度なのか。その代わり、理科の各教科はいずれも難問だ。特に化学がきわめて難しい。文系の科目のほうを得意とする浩介にはしょっぱなから不利だった。

頭を抱えた。でも、もうここしかない。二次試験の前日まで過去問を一所懸命解いた。解答してゆくうちにこれまで抱いていた、単科大学への偏見が消えていった。総合であれ単科であれ大学に変わりはない。一浪して京都府立医大に合格した高校時代の友人を浩介は半ば侮蔑の目でみたものだ。自分は総合大学に進むんだ、という傲慢さがはびこっていた。自己嫌悪に見舞われた。

何事にも先入観を棄てて取り組まなくてはならない。次回、府立医大に失敗すると、五浪目に入ってしまう。母にもう経済的負担をかけたくない。背水の陣で取り組む必要がある。

ある日、悪戯《いたずら》にと思って、ワープロに「ゴロウメ」と入力してみた。「四浪目」まではきちんと表示されるのだが、「ゴロウメ」は「五郎目」と打ち出された。ワープロ上でも認められていないのだ。情けなくなった。高校時代にもっと勉強していれば、おそらくこのような無様な姿をさらすこともなかっただろうに。高校三年間より浪人生活のほうが長くなってしまった。物理的な圧迫感がいやおうなく襲ってくる。跳ね除けるにはひたすら机に向かい合うしかない。

年が明けて、センター入試の前日、浩介は会場の下見に出かけた。阪大が会場だ。阪大が会場になるのははじめてだ。合格を切に望んでいた大学に一歩足を踏み入れて、椅子に坐ることも出来る。だが、それだけだ。そこはもう志望の学舎ではないのだ。天は悪戯が好きすぎる。

センター試験は幸いにもうまくいった。

調子に乗ったらこっちのものだ。このまま二次試験に突入だ！

そして浩介は波乗りのようにすんなりと二次試験の問題を解いて、合格を手にした。

いちばんに歓んでくれたのはもちろん母だ。合格発表のその日、掲示版に自分の受験番号をみつけて、いのいちばんに母に電話をした。それから足は京阪予備校へと向かっていた。竹沢に知らせにいくためだ。主要な大学の合格発表日には講師たちが予備校に詰めている。四年間英語で世話になった竹沢には当然知らせるべきだ。

「先生、京都府立医科大、受かりました」

講師室のいつもの席で竹沢はあたかも浩介を待っているかのようだ。席を立って、握手を求めてきた。手を結びながら浩介の肩を抱いた。

「おめでとう！　四浪した甲斐があったというものだ」

「コングラクチウエイションですね」

浩介が言った。

「間違っているぞ。コングラチュエイションズと、複数形にしなくてはな」

「そうでした。最後の最後まで、お世話をおかけします」

応えながら、浩介は、「抽象名詞」について口を酸っぱくして講義に臨んでいた竹沢を思い起こしていた――「抽象名詞」の複数形は、「抽象名詞」が「具体化」された意味を帯びる。だから、オブザーヴェイションズは「観察内容」、「観察結果」とかいった意味になる。

コングラチュエイションズも具体的に「祝福」を表現したいときはこのように複数形にしなくてはならない。

浩介は頭をかいた。

「しっかりせぇよ。大学での英語はちゃらんぽらんな授業が多いからな」

「……高校でもそうでした」

高校卒業後五年目にして進学できた浩介の脳裡に高校時代のぬるま湯につかったような英語の授業が蘇った。それは、ただ訳を述べていくもので、竹沢が示してくれた to 不定詞や～ing の使い方の違いなど、三年間どの教諭も言及しなかった。そして、二年の夏休みに市販の問題集のコピーを与えられて、各自が任意に和訳に取り組むように指示された。

明らかに生徒を放置状態にして、かつコピーは著作権に反していたが、高校の教師などその程度で務まるのが現実なのだろう。

12 恩師

月日の経つのは早いもので、入学からいつの間にか「医局」を選択する時期を迎えていた。この間、浩介にわだかまっていたことは、親父が入院中にナースステーションの横を通った際、「あの患者は、口ばっかり達者でうるさいやつだ。もうじき死ぬというのに」という暴言を耳にしたことだ。患者にたいする医師の上から目線の驕《おご》った態度。究極的に患者を無視する姿勢——これらがずっと尾を引いて、消化器外科入局への嫌悪となっていた。

消化器外科以外の医局、それはどこが良いか？

最終年次の七月に入ると各科が医局説明会を開く。説明会といっても堅苦しいものではない。それぞれの医局が美味しいものを学生に食べさせて勧誘する会だ。学生にとっては旨いものにありつける絶好の機会だ。内科は本格的なイタリア料理。整形外科は懐石料理といった具合。アンテナを張り情報の入手に努めて、気に入った料理ならそれ目当てに出向く。

「八木、今日は、眼科で寿司だそうだ」

笹本が声をかけてくれた。

「寿司か……しばらく食うてへん。行こうか」

「よっしゃ」

笹本が浩介の快諾を引き受ける口調で言った。

宴会場は大学の近所の「寿司駒」だ。この店のまえはいつも通り過ぎていた。入ってみようかと何度も誘惑に駆られたが、先立つものがなかったのでいわば憧れの寿司店だった。今日は眼科の医局持ちだから、思う存分食べられる。期待感がふくらんだ。浩介はごく普通の言葉で表現すれば大食漢に当たる。学生向きの食堂でも優に二人分をたいらげた。自分ではいじきたない男だとみなしていたが、腹を充たすのにいじきたないもなにも関係ないのだ。

店内は想ったほどには狭くなく、奥までのびるカウンターとそのうしろに小上がりが並んでいた。混み合っている。みな眼科志望なのだろうか。浩介のように寿司目当てに坐って寿司を摘まんでいる者もいるのではないだろうか。

浩介はやはり後ろめたさもあってか、いちばん玄関よりのカウンターに腰かけて注文した。空腹であったせいか、ことのほか美味だ。ネタの高価な順番に主人に告げていった。

そういうふうにして食べ続け腹がくちくなってきたとき、左肩をたたかれた。振り返った浩介の目に映ったのは、黒い顎鬚をたくわえた、どうみても眼科の教員らしかった。

「君、眼科に興味があるんか？」

そのひとが尋ねた。

「……いいえ、ぼくは寿司を御馳走になりにきただけです。すんません」

「いいんや。どこの科を狙っている？」

浩介は、消化器外科です、と言いよどみながらも応えた。

「ほうか。眼科もいいで。ちょっと考えてみてくれや」

その物言いといい、物腰といい、浩介がこれまで接してきた教員（医師）とはまるで違っていた。

「君、名前は？」

訊かれたのでとおり一遍に応えた。

「なら、八木君、そんなに眼科がいやか」

「いやではなくて、ぼくにはどうも眼科の雰囲気がすかんのですわ」

「だったら、君がきて変えてくれればええやないか。そう思わへんか」

「でも、あの顕微鏡を使う細かい作業が苦手で」

「消化器外科だって同じや。いまでは開腹せんと、内視鏡で手術する時代やからな」

浩介はなんと言ったらよいか戸惑った。じつは、志望する消化器外科の授業も眼科の講義もさぼっていて、実質的なことには通じていなかったからだ。

「わたしの名前は山川明彦。去年の人事で阪大からここへ移ってきた。まだ新米や。よろしゅう頼むわ」

阪大から異動してきた、と訊いて浩介の胸は高鳴った。大阪大学はかつて第一志望にしていた憧れの大学だ。阪大出身の先生がカウンターを前にして坐っている。

「ま、今夜は、好きなだけ食べていってくれ。また連絡するさかい」

そう言い残して山川は奥のほうに向かっていった。

それから三週間後、浩介の下宿に山川から直接電話がかかってきた。

「どうや、わたしの個人研究室に遊びにこえへんか。ビールでも飲もうや」

「いいんですか？」

「ああ、二、三人、友だちも誘ってな」

「わかりました」

このときからだろう、浩介のなかで山川にたいする興味が芽吹き出したのは。

山川は待ってましたとばかりに、やってきた浩介たちを笑顔で迎え、さっそく冷蔵庫からビールを出した。そしてグラスまで冷やしておいてあって、冷たくなったグラスにビールを注ぎ入れた。

「まずは、乾杯といこうや」

浩介たちは山川の音頭でグラスを掲げた。浩介は泡を口許につけながら、また飲食でつられてやってきた自分がなさけなかった。

そうした浩介の落胆した気持ちを支えるかのように、山川教授は眼科の面白味を身振り手振りをまじえて語ってくれた。すべてが新鮮に思えた。それは眼科それじたいへの関心を越えて、ひとつの科に深い思い入れをして話を進めていく山川の熱意にまでおよんだ。正直、魅力的だった。いつの間にか、自分が将来、眼科医として働いている光景が想い浮かんだ。

話に聞き入っているうちに冷蔵庫のなかのビールが一本だけになっていた。十数本を空けたことになる。酔いがまわっている。

酔いの力に後押しされたのか、臆面もなく浩介は山川に条件をつきつけた。冗談半分だった。

「ほんなら土日は休みを下さい。休暇も年三週間」

山川は温厚な声で、

「そうしたらええやん」

拍子抜けした。ほんとうだろか、と耳を疑った。あとでこの回答には裏があることがわかることになる。優遇されるかどうかは浩介しだいだ、ということを。

腕時計をのぞくと、乾杯してから二時間半も経っている。ある種の予感が浩介の裡に萌していた——この先生ならぼくの力を引き出してのばしてくれるかもしれない……。

それから徐々に眼科の医局へと気持ちが傾いていった。このことをお袋に電話で知らせた。

「……母さん、オレ、眼科の医局に入局しようと思うてる」

こう切り出した浩介に向かって母親は、持論を展開した。

「なにあほなことゆうてんねん。眼科や歯科は医者ではあらへん。まえからゆうてるやないの。消化器外科こそ、おまえの進むべき道やないの？　ちゃう」

勢いがあった。浩介も気がとがめていたから、受話器をにぎったまま応えることが出来ず、

「ほなら、もう一度考え直すわ」とつぶやいて切った。

浩介はこの一件を率直に山川に話した。

「それで、消化器外科にいくんか？　お母さん、わたしが説得したるわ」

「えっ、先生が？」

「そや。わたしが出てゆけば納得されるだろう」

ありがたいことだ。浩介はこの山川の男気にすっかりほれ込んでしまった。こうなりゃ、

お袋がなんて言おうと眼科行きは決まったも同然だ。自分の道は自分で決める！　これが大切だ。たぶんお袋は得心せざるを得ないだろう。やがて指導教授となるそのひとから説得されるのだから、教授の浩介への期待を看取して諦めることだろう。そして実際、お袋はイチコロだった。これまで大学の教授という身分のひとと話したこともなかった種類の人間だ。山川の言葉が胸に突き刺さったとみなしてよい。

山川の良いところは浩介の人柄を適切に把握していた点だ。大学教授は研究者であるとともに教育者でなくてはならない。たいがいこの後者の面を欠いている教授が多い。そういうひとは偏屈で狷介きわまり、とてもついて行くことが出来ない。山川はその点、両方を兼ね備えた人物だった。寿司を食べ、研究室でビールを飲んだときからはっきりとそれがみえていた。眼科の医局に新人を取り込むことに熱心で、浩介のわがままな要望を認めたあたり、その度量の深さがうかがえる。

ある日、浩介は山川からうがった文言を訊いた。訊いたというより引き出したといったほうが当たっているかもしれない。その物言いがやれやれといった口調だったからだ。

「なぁ八木よ。この世のなか、誰でも言われたことはするもんや。だが、言われないことをするやつはほとんどおらへん。八木はいらんことをする。ええ格好しいや。おもろいやっちゃ」

浩介はこの発言に鳥肌がたった。的を射ているからだ。短い表現で浩介の本質をきっちりととらえている。

浩介は自分を一匹狼だとまでみていなかったが、他人とつるむことはしたくなかったし、してもいなかった。良く言えば、他人に頼ることを嫌ったのだ。小学校からこの方、先生に甘えたり弱音をはいたりしたことは一度たりとてなかった。医局に入ってからも、大学に残って教授めざして「白い巨塔」のなかを分け進んでいく気もなかった。それよりも教授に積極的にものを言って、自己主張をするほうを選んだ。

山川は苦言を受け止め耳を傾けて、自分の考えを包み隠さず浩介に返してよこした。その意見が賛意のときもあったし批判的な場合もあったが。浩介にはありがたかった。

ふと亡くなった親父のことが脳裡をかすめた。あっ、オレは教授に親父を重ねあわせているのではないか？　浩介が十六歳のときに細い枝のようになって息を引き取った親父の心意気に山川の歯に衣を着せぬ文言が重なった。

医者の世界は封建的だ。他の世界でもそうかもしれないが、「出る杭は打たれる」のが鉄則だ。山川はそういう先生ではないのだろう。浩介のような一風変わった人間を大切に見守ってくれそうだ。

山川はひとと違うことを認め、同じでない点をよしとするタイプだ。親父がそうだった。山川が親父に代わって自分を牽引してくれるだろう。

案の定、教授は、ああしろ、こうしろといった命は下さなかった。君はどうしたいんや、といつも言った。口癖とも思えた。ある意味で厳しい指導者だが、相手に強要はせず考える機会を与えてくれた。自分で思考して回答を出し、実行する。失敗はいつもつきまとったが、とがめることはなかった。男気がある、と浩介は再度、感じ入った。

ささいなしくじりをとやかく叱ることはない。指導者・教育者としての山川の目標は、学生を大きな器の人間に育てることにあった。浩介はそれに乗ったが、十全に応えるためには日々の研鑽をおろそかに出来なかった。自由と責任の関係にそっくりだった。

13 牧子

ウインドサーフィンは平たく言えば「波乗り」のことだ。テレビでも、ハワイでこのスポーツを愉しむひとたちの姿が映し出されている。みるのとやるのとは大きな違いがあるのは知っていた。でも、バスケもスキーも禁止されていたが、スポーツというものが根っから好きな浩介は、装具をつけてでも果敢に挑戦した。

二十代の浩介の膝につけられた怪我の名称は、「変形性膝関節症」で、冬になると疼いた。これが浩介の持病となった。一病息災と言われるが、怪我の場合もこれに当てはまるのだろうか。痛みつけられればつけられるほど、浩介の対抗心が高まった。しかし、仮にも医師をめざしている浩介にはもうひとつ、自分をみつめる目があった。なにを隠そう、医師志望者としての客観的眼差しだ。

その目が浩介をウインドサーフィンへと結びつけた。車の免許も取得したばかりだった。

三十万でバンの中古車を購入した。バンに決めたのは、サーフィンで使う板を乗せるためだ。サーフィンの場所としては琵琶湖が最適だ。比叡山を越えれば琵琶湖はまぢかだ。京都の大学に進学していて、このときほどうれしかったことはない。春夏秋冬は問わなかったが、主に関節が痛み出す冬場に琵琶湖におもむいた。

ある夏の日のことだ。

例によって板に身を任せて沖までこいでゆく。ある程度岸辺から離れると、板に乗り同時に波をつかまえる。うまく波に乗れればその力を利用してサーフィンの開始となる。膝や腰に疼痛はいっさいこない。波を意図して進めるのでなく、波に全幅の信頼を置いて風を味方につける。浩介は誰にも指導を受けてはいない。だが、バスケで培った運動能力と天性のリズム感が、何度も通ううちにプロ顔負けの技術を身につけるにいたった。

大学の講義は文科系と専門科目しか受講していなかったので、時間の融通が利いた。

その琵琶湖で夏の盛りのある日、ひとりの女性と出逢った。彼女は沖まではいけるのだが、波の動きに翻弄されて板に乗れないのだ。その姿を岸にいる浩介の目がいち早くとらえた。

板に乗ったかと思うと振り落とされた。じれったいな。こうした光景を黙ってみていられないのが、浩介の性分だ。湖に入って女性の許にこいでいった。

「どうしたんですか？」

声をはりあげた。

「……乗り切れないんです」

「はじめてですか」

「はい」

「待っていてください。そんなに難しいことではないですから。手助けします」

女性は顔だけ水から出して、あっぷあっぷの状態だ。

浩介は彼女の板をつかまえると、

「さあ、ゆっくり。ゆっくりと、そう手で押さえて、そうです。波の力を信用して。そうです。いいですか、波が正面から押しよせてきたら、その波にのって浮いた板めがけてパッ卜板の中央に乗るんです」

中くらいの波がやってきた。女性はようやくの思いで板の上に乗ることが出来た。ピンクのドライスーツ姿だ。背が高い。容貌も人並み以上だ。いくつくらいだろうか。浩介も板に乗った。

「ぼくが伴走しますから、さ、いきましょう」

叫んだ瞬間に大きな波がやってきた。

「この波に乗るんです」

はーい、と返事が返ってきた気はしたが、波の音に消し去られてしまった。

数分後、浩介は陸《おか》に上がった。彼女はどうしただろうとあたりをみわたした。少し離れた岸に打ち上げられている。板を抱えてうっぷしている。駆け寄った。

「大丈夫ですか?」

肩をゆすってみた。おもむろに顔をあげた。

「……ここは、どこです?」

「岸辺です。サーフィン、成功です」

「はあ」

女性は気の抜けた返事をし、溜息をついた。

「やりましたね」

「ありがとうございます」

これが生涯のパートナーとなる塚本牧子との出逢いだった。

からだを起こした牧子はふらふらして浩介の肩に手を置いた。浩介はどう対処したらよいか戸惑って、すこしやすみませんか? コーヒーでもどうです、と誘った。牧子は頷いた。

魔法瓶に浩介は暖かいコーヒーをいつも持参していた。浩介は「魔法瓶」という表現を気に入っている。その呼称は小学校のときの運動会での昼食時を連想させたからだ。敷物の上に親父が胡坐をかき、お袋は正座をして、浩介を囲んで弁当を、そして魔法瓶からほうじ茶をコップに注ぎ、くつろいで食事を愉しんだものだ。家族の思い出のシンボルとして、「魔法瓶」が在った。

「熱いから、ふーふー、して下さい。ぼくは八木浩介と言います。あなたは？」

「わたしは、塚本牧子です。八木さんは学生さん？」

カップに口をつけながらくぐもった声でつぶやいた。

「どうして？　わかりますか？」

「だって、平日のこんな時間に、琵琶湖くんだりまで、ウインドサーフィンをしにくるなんて、普通の社会人にはあり得ませんから」

浩介は頭を掻きながら、ご明察、と言い放った。

「授業さぼってきてるんです」

「あかんですよ、そないしたら」

急に関西弁になった。

「わかってます」

イントネーションが変わって京都弁になっていた。

「医学部生なのに、理系の科目が苦手で、聴いていても面白くないんです」

「あらっ、お医者さんの卵なのね」

「一応」

「八木さんのような方がお医者さんになってしまうって、怖いわね」

その苦言めいた言葉は浩介の胸をなぜか深くえぐった。あることに結びついていた。その内実は煙幕がおおっていた。いったい浩介の記憶のなかのいずれかの部分に、それも琴線に触れるがごとく、ある想いが渦を巻いていた。目を細めて内奥を見入った。やがてひとつの光景が紡ぎ出されてきた。浩介が患者にたいする医師の態度を批判している場面だ。医師の傲岸な姿勢を難詰して患者本位の医療をめざしている浩介の正義感――そうした正義感を持ち得るほどに、たとえ医者の卵でありながらでも、自分の立ち位置を確立できているかどうかだ。医師の国家資格も取得していない自分が、素人目線で四の五の言える筋合いではないのではないか?

このようなきままな人間が、従来からの医療体制に半畳を入れる。だが現実にはその立場にさえいない。きちんと講義に出席して自分を磨かなくては、一人前のことを言えた道理か。「琵琶湖のトド」、「伝書鳩のやっちゃん」と呼ばれて悦に入っていたことがなさけない。

塚本牧子も浩介と同じく大学生だった。四浪している浩介よりむろん五歳年下だ。関西の名門私大である同志社大学の英文科に籍をおいているという。生まれ育ったのは札幌市とのことだ。浩介の通っていた京阪予備校はもっぱら国公立大学と各医学単科大学志望者ばかりだったので、暗黙の裡に私学志望者や在籍者を軽視する悪い傾向があった。京阪予備校は同志社大学と今出川《いまでがわ》通りと烏丸《からすま》通りをはさんで向き合っていたので、対照化しやすく小莫迦にしていた旨があった。昔日、京都で「学生さん」と呼ばれたのは、国立の京都大学生に限られていた。そうした因習が確かに存在した時代があった。

浩介が生まれる十余年まえに、高野悦子著『二十歳《はたち》の原点』という自殺した私立大学生の遺稿集が発売されてベストセラーになった。映画化もされた。そのなかの一シーンに、京都大学の正門の前を、夜中に片腕を下げて振りながら横切る場面があった。登場人物はみな私大の学生だった。

また主人公の女子学生がはじめての経験をする相手も京大生だった。さらに浩介の通う医科大学付近の喫茶店も舞台として登場した。昔は、それほどに官民の差が激しかったが、共通入試やセンター試験を経ていくうちに、私大の格が上がってきて、浩介の時代になると、ほとんど差別意識が全面的に消えつつあった。ただ、浩介の学んだ予備校がいぜんとして偏屈なのだった。

「ぼくは京都府立医科大生です」

「その大学、有名ですよね」

即座に返ってきた。

「知ってました?」

「はい。高校の同級生が受験しましたから」

「そうですか。それで受かりましたか?」

「いいえ、ダメでした。その後、彼女は札幌医大に、一年後合格しましたけど」

「それはよかった」

「わたしたち北海道の高校生が内地の大学を想うとき、なかなか関西圏まで目が行き届かないんです。目に飛び込んでくるのは京都大学と同志社大学、それに立命館大学くらい。大阪や神戸に大学があるなんてこちらにくるまで思いもよらなかったです。北大が第一で、次に、東大・一橋・東外大・東工大、それに早稲田・慶応といった六大学が続きます。もちろん仙台の東北大学や弘前《ひろさき》大学も視野に入ってきます」

浩介には新鮮な感覚だ。

「なるほどね。関西で暮らしていると、エキゾチックな北大は目につきますけど、東北大学、それに弘前大学なんて、まったく知りもしませんでした」

「育った地域が大学受験の選択にも影響をおよぼすんですね」

「そういったところかな」

くだけた口調になっていた。

「ところで、今日は授業があるんではないですか？　ぼく同様サボリ？」

「いいえ。わたしは二回生の後期までに必要単位を全部取得してしまったので、息抜きのためにこうしてやってきたのです。友達がスリルがあり、とっても気分がいいからって板を貸してくれたんです。だからじつは今日がはじめてです。助けて下さって感謝します」

口許に笑みを浮かべて、ひょいと頭をさげた。

「なんのことはない。あたりまえのことです」

応えながら、ドライスーツを脱いだ。牧子も脱衣にかかっている。抜群のプロポーションだ。

琵琶湖での出逢いがきっかけで浩介は牧子とつき合うようになった。逢うたびに胸がどきどきした。女のひとと交際することははじめてで、弾けるような心持だ。

牧子からはいまだ旅をしたことのない北海道の匂いがした。すがすがしい色香も混じっている。何度か逢っているうちに、浩介は中学校のとき、自分がクラスメイトにイジメられて、萎縮しながらもいつも跳ね除けてきていたことを思い出した。

浩介が札幌市のシンボルである「時計台」の話題を持ち出したときに、牧子が、

「わたしの中学校は『時計台』のすぐ近くだったわ」

すかさず浩介が、中学生時代は愉しかった？　と問い返した。

「ええ、とっても。まだクラス会があるの。年に一度だけどね」

「そうなん。そりゃ、ええこっちゃ」

「つらかったの？」

「そうです。イジメられてばかりいた」

「八木さんが？」

「はい。こう、目が大きいでしょう」と、浩介は目に手を当てた。ぎょろっとしていて、気持わるがられてたんですよ、と笑った。

「それに、ぼくに触ると病気になるって噂が立って、また、ぼくが触れたものに手をやると病気が感染するとか、なんとか言われて、しんどかった」

「それで登校拒否かなんかになったわけ？」

「いや、いまでもそうなんだけど、ぼくは楽天的な人間で、明日にはソフトボール大会があるとか、卓球の勝ち抜き戦の予定だとか、考えの方向を明るい面に持っていって、決して学校は休まなかった。生徒会長にもなった」

「……えらいわね。わたしならすぐにへこたれてしまうわ」

「ぼくの場合ひどかったのは、担任までもがイジメる側にまわった、ということです。風邪で欠席して二日後に出ていくと、『八木が休んでいたので、なにも問題が起きなかったぞ』と言ったふうに。でも、生徒会長選挙に立候補した際にはきっちり応援してくれましたけどね」

「教師の風上にも置けないわね」

「そう思う?」

うん、と牧子は頷いた。

「それで、八木さんはイジメられればなっしだったわけ」

「そんなこともないんですけど、そのときぼくにはイジメられる立場のひとの心持が痛いほどよくわかったんです。だから、ぼくからイジメようとは一度も思わなかった」

「言えてるわね。……あっ、それで医学部に進学したんだ」

「えっ?」

「だから弱い方を助ける、つまり病気のひとを助けるために、ということでしょ」

そうか――自分でも気づいていなかった面に明かりがともった。

これまでは、親父の遺した「ひとのために役に立つ人間になれ」しか思い浮かんでこなかった。牧子の解釈で、中学校時代の「イジメられた」という苦い経験が裏返って、医者への道のひとつの動機となっているに違いない。牧子の洞察力の鋭さに驚いた。それは「女の勘」というべきものかもしれない。

浩介はますます牧子に惹かれていった。

「牧子さんのことも聞かせてよ」

「……わたしはごく平凡な学生生活を送ってきただけなの」

「そうとは思えへんけど。京都まで、はるばるやってくるんやから」

「うん。それね、北海道の人間にとって、京都は憧れの地なの。古文で王朝物語を読むでしょう。桜が三月に咲くなんて信じられないもん。札幌では、五月のゴールデンウイークのときが満開なのに」

「そうか、季節感が違うんだ。それに文化的背景も。でも、北大には魅力を感じるけどね」

「ポプラ並木でしょ。いいわよ、開拓者精神を留めていて」

牧子は破顔一笑した。

「行ってみたいな」

「どうぞ。案内くらいするわ。小学校の高学年の社会科では、地元の歴史を習うの。札幌という地名の由来が、サッ・ポロで、『大きな川（豊平川）が乾季になると極端に水量が減少する川だったこと』を意味するアイヌ語にあることや、開拓使、それに有名なクラーク先生のこと。大通公園や創成川のこと。とても愉しい授業だった」

牧子の声が弾んでいる。浩介も負けじと、小学生のとき、放課後の野球を考えて登校したことなどを喋った。

「そっか、野球少年だったんだ」

「まあね。あまり上手ではなかったけどね」

「いいじゃない、うまいへたなんて。関係ないわよ」

14 内視鏡手術

浩介はウインドサーフィンに熱を上げていたが、同時に大学では以前から関心を抱いていた内視鏡手術の授業が始まっていた。

内視鏡手術というのは、動脈のなかに内視鏡を入れて血管内を調べる手技だ。それを眼底手術に適用したのは日本が生みだした画期的な技術だ。先端部分が一ミリにも満たない点灯している内視鏡を眼球に差し込み、モニターに映し出された内部の画像をみながら手術を行なう。眼底に損傷のある患者を多数救えるわけだ。

しかし欠点があった。モニターの画像が薄暗くて検分しにくかった。また、解像度が悪くて、内視鏡で手術を行なう医師は少なかった。浩介自身も、その独自性は認めても、積極的に使用するのにはためらいがあった。その浩介が内視鏡手術の第一人者と呼ばれるようになったのは、ひとつの「出会い」からだ。

友人たちの支えもあって、浩介は無事医大を卒業できることになった。そして府立医大付属病院で四年働いて、次の勤務地が九州は長崎市の長崎大学医学部付属病院の眼科だった。こうした勤務先は自分が率先して選択するではなく、指導教官からの命で決せられた。長崎の病院なら、長大医学部出身者がメインのはずで、それに九州大学当たり出身の医師が加わっているくらいだろう。そのようななかで、派閥外にいる浩介の入局は、もっぱら山川教授の力によるものに違いない。

そして当時、九州は国内の眼内内視鏡手術を牽引していた。内視鏡を使用する医師が多数いた。そのなかでも、福岡県大宰府市にある私立聖ルカ病院で積極的に内視鏡手術を行なっていた大前俊和医師の手技を、ある日、見聞する幸運に恵まれた。目の当たりにして驚愕した。

なぜなら、それまで浩介の行なってきた手術は、顕微鏡で眼球の内部をみる正統派の手術だった。この方法でも充分手術は出来た。だが、眼球を外部から診るため、如何せん、死角が出来てしまう。その死角の部分に種々のトラブルを起こす病根が潜んでいたら、どうなるだろう？——完治にはほど遠い。

内視鏡を用いると、内部から直接覗けるので、死角が消滅する。顕微鏡での手術では得られなかった特典がある。術中、術後の合併症も減らすことが可能だ。これはたいしたもんだ。浩介は胸のなかで叫んだ。是非、使って治療に当たってみたい。

長崎にもどってからも気になって仕方がない。大前先生の見事な手技が夢にまで出てくる。九州で網膜硝子体の専門医の会合で、大前先生から、内視鏡は抜群だぞ、やっちゃん、と声をかけられることが多々あった。先生は浩介のことをいつのまにか「八木君」から「やっちゃん」と呼び替えていた。親しみのこもったその掛け声に浩介の気持ちが、内視鏡手術を本格的に習得したい、という意欲に変わっていった。

三十五歳になっていた。働き盛りだ。迷うことはあるが、岐路に立った場合、選ぶ力はいつの間にかついていた。それは浩介が未来を見据えてつねに行動しているからだ。過去の失敗に後悔はしないが、反省はする。猛省するといまの自分がみえてくるから不思議だ。そこからの再出発となる。

内視鏡手術の技術を大前先生の許で習いたい。同僚にも打ち明け、賛同を得た。大前先生が長崎大学病院の上役の医師にじかに頼んでくれて、即刻、浩介は大宰府市の聖ルカ病院の眼科での勤務が許された。

浩介が転職を決意したのにはもうひとつ理由があった。それは大宰府という土地柄に惹かれたからだ。四浪して進学を果たした浩介にとって、学問の神様と称される菅原道真を祭る太宰府天満宮は魅力的に映った。

　大宰府に転居したその日の夕刻に、さっそく天満宮を訪れた。想っていたほどの大きさではなく、かといって小体《こてい》であるわけでもない。参道の両側には、露天商が隙間もないくらい並んでいる。その商品ときたら、みな「梅ヶ枝餅」なのだから度肝を抜かれる。こんなにたくさんの店屋で同じ商品を商いして、よくもつぶれないものだ。一軒の店で試しに買ってみた。平べったい餡子餅だ。アンパンと似た味がして、おそらく疲れたときには絶妙な効果を発揮することだろう。大宰府に詣でるひとたちは、その他の北九州の観光地を経巡ったあと、最後に天満宮にお参りして、旅の無事に感謝して、帰路お餅を買うに違いない。その殷賑《いんしん》ぶりが目に浮かぶ。

　浩介は賽銭を投げ入れ、ワニグチの綱を振り、頭を垂れて柏手を打った——大宰府での診療がうまくいきますように、内視鏡の使い勝手をなるたけ早く習得できますように。

15　聖ルカ病院

翌日から聖ルカ病院の眼科勤務が始まった。驚くことに、大前先生を除いて眼内内視鏡を使える医師がほかにいないのだ。それゆえ、網膜硝子体の手術は大前先生の孤軍奮闘の場とも言えた。その負担は容易に想像できた。夜の十二時まで手術に追われる日々なのだ。内視鏡手術に明るい将来を実感していた浩介にとって、手技の完全習得に時間はかからなかった。すぐに大前医師の片腕となって、二人で手術をこなすようになった。そうしたら七時にはその日のすべての眼底患者の手術が完了した。最後の患者の手術をし終えたあとに飲むビールのうまさは絶品だ。まるで、一日の仕事がビール一杯のためにあるような錯覚さえ覚えた。

大前先生は浩介のことを弟のようにかわいがってくれた。長崎にいたときにくらべて支障なく診療を行なえた。聖ルカ病院は私立病院のためか、実力主義の通用する医療方針を打ち出していた。国公立の病院に潜在する、派閥や人脈などとは無縁だ。要するに手足を伸ばして治療に当たれた。関西にもどらなくとも、そうした願望を破棄できるほどに診察や手術のやり甲斐がある。大宰府で骨をうずめるのも一考に値するかもしれない。天満宮には日曜日には欠かさず参拝した。参道はいつもひとであふれかえっていた。これだけの参拝客相手なのだから、露天もつぶれはしないのだろう。

四か月が過ぎた。

その日も二人でビールを開けてから浩介は家路についた。散歩気取りで歩いていると携帯が鳴った。

「八木君か？　私だ」

「あ、山川先生」

府立医大時代の恩師からだ。

「九州はどや？」

「はい、とてもやりがいがあります。大前先生もよくしてくれますし。九州のひと、素朴で、みないいひとばかりです」

「そうか。そりゃ、よかった。じつはな、頼みがあるんや。受けてくれへんか」

「……なんでしょうか？」

浩介は歩みを止めて携帯を耳にぎゅっと押し当てた。

「言いにくいんやけどな。そこ辞めて、浜松へ行ってくれんやろか」

「えっ?」

なにを言っているのかわからなかった。

「じつはな、浜松医大の眼科教授の筒井先生が中途退官して、クリニックを開設されるんや。君のことをうっかり話してしもうた。そうしたら、是非、手伝ってほしい、と言ってこられて……。浜名湖で君の好きなウインドサーフインも出来るこっちゃっと思って」

「先生、それは困ります。ぼくの立場も考えてください。内視鏡手術にもようやく慣れてきたところです。いまここを離れたら『食い逃げ』になってしまいます」

それに浜名湖でサーフィンが出来ただろうか。

「……そうか、ま。今日は、連絡までとしよう。それと、知っていると思うが、浜松は形成外科の中心地で、そちらの技術の習得も可能、ということだ。じゃーな、また」

一方的に切れた。とても不愉快な勧誘だ。教え子を将棋のコマのように扱う。むりやり酷使しようとする。教授の特権かもしれないが、浩介はもうどことなく大学の医局にもどる気が失せていた。自分の腕一本で、働く場所に贅沢は言わず、つねに患者のためになる事を目標と定めるようになっていた。そういう観点からみると、大宰府での医療生活は理想に近かった。良き指導者に恵まれ、その右腕となって仕事に精励する毎日。日曜日になると、天満宮を必ず詣で、なんというか、一週間の汚れを払って、翌週への活力を得る――この単純な生活がなんと歓ばしいことか。しみじみと「仕合せ」を感じた。「幸せ」ではない。「仕事が難局なく進められること」――これこそが「仕合せ」なのだ。

数日後、二度目の電話がかかってきた。浩介に気持ちのブレはなかった。もし、聖ルカ病院を辞したとしたら、面目丸つぶれだ。本州からやってくる若造医師が聖ルカ病院を腰かけとしか考えていないことを露呈させるだけだ。浩介は大前にも相談せず、診療に明け暮れた。

一カ月経って、三度目の電話が入った。もしもし、の段階から教授の声音が違っていた。ドスの利いた声だ。

「八木、いつまで、なにぐずぐずしてんねん。男子たるもの、意気に感じることが大切や。いまがそのときだと思わへんか?」

「先生、お言葉ですが、いつまでぼくを半人前扱いするのです? 勝手にぼくを推薦したりして。迷惑です。先生がそういう立場にたったらどうされますか!」

浩介も負けなかった。

「生意気なこと、よくも抜かしおる。誰のおかげで、いまの八木浩介があると思うてんねん」

「先生、そこまで仰りますか。そういうのを御着せがましい、というのです」

「なに！　御着せがましいってか？　何様のつもりなんや。もう、知らへんで。これからは、お前ひとりでやっていけ！」

「ああ、結構です。そないさしてもらいます。ぼくは、あなたの質《しち》に取られたわけではないですから」

豪語して切った。すっきりした。浩介にも大前医師にたいしてメンツがある。顔に泥をぬるわけにはいかないのだ。独立独歩がこれから始まるのだ。山川教授には世話になったのは事実だ。いまある自分が山川教授からの薫陶《くんとう》を得てだ、ということも充分にわかっている。でも「巣立ち」を認めてもらいたい。子供がある年齢から、親と一緒に遊んだり旅行したりするのを嫌がるように、師弟の世界でも同じだと浩介には思えた。ついでに自分は破門に違いない。

それから二週間後のある日——その日は土曜日で診察時間は午前中で終了だ。国公立の病院では土曜・日曜は休みだが、私立や一般の医院は午前中は診療時間なのだ。その代わり、個人のクリニックでは水曜日だとか木曜日を全日休診とする場合がある。聖ルカ病院は「医院（クリニック）」ではなくて「病院」なので休みではなかった。

午前の患者がみなはけてから大前とビールで咽喉を潤していると、「やっちゃんを指導した先生は山川明彦教授という方なのかい?」

唐突な問いかけだ。

「はい、そうです。それがなにか?」

「昨日、書信をくれてね。わたしはショックを隠せずにいるんだよ」

剣呑な声音だ。

「どうかなさいましたか。手紙の内容がお気に召さぬとか」

「じつはそうなんだ。本当のことだとは思えないからね」

「……」

「訊きたいかね」

「可能ならば」

「こういうことだ。君は浜松にある筒井眼科に転職を希望しているが、短期間でも世話になった当院に辞めると言いにくいらしいので、わたしからその許可を与えてやってほしい、と。これ、事実かね?」

浩介は狼狽した。まさかの搦め手からの一撃だ。どう対応したらよいものか。

「大前先生、それは巧妙に仕立て上げられたワナです。確かに山川教授から浜松に飛んでくれとの要請が三度ほどありましたが、ぼくはきっぱりと断りました」

「なるほど。やっちゃんは重宝がられているようだな。それだけ教授に見込まれているということだ」

「そんなことはないはずです。医局が勝手に若い医師の派遣先を広めているにすぎません」

「なるほど。で、君はここに留まってくれるのだね」

「はい。ここに骨をうずめる覚悟も出来つつあります」

「指導教授からの命を蹴ってしまうと、もう、面倒をみてくれなくなるのは承知のうえだね」

「はい。もういつまでも研修医ではないですから。この腕一本で世わたりするつもりです」

大前が大きく頷いた。

「そうか、ならば安心した。せっかくわたしが内視鏡手術方法を伝授した手前もあるからね」

「ご安堵ください。ぼくは大宰府が好きなんです」

浩介は大見得を切ったつもりになっている。

「荊妻《けいさい》も呼び寄せようと考えています」

安易な言葉が飛び出してくる。果たして牧子がきてくれるかどうかわからない。

「そうか。奥さんを呼び寄せる、か。それはうれしいよ。そのうち、いっぱしの九州男子になれるよ」

「はい」

明るい声が出た。

こうして浩介は眼底手術が盛んで、かつ牽引地帯である九州は大宰府の聖ルカ病院の眼科医として繁多な毎日を送ることになった。早晩、牧子もきてくれることになった。子供がほしい牧子は浩介の許に居たいのだ。牧子は浩介の実家で母とともに暮らしていた。彼女は大宰府への転居を歓んだ。義理の母との同居生活では息を抜く間もなかったのだろう。三週間後に浩介が借りている賃貸マンションに引っ越してきた。

浩介は疲れて帰宅すると、一時間ほど寝て、夜半に牧子との「会話」の日をなるたけ多く持つよう心掛けた。

けれども授かる気配は一向に訪れない。

病院では診察に集中した。九州内での学会や研究会にも積極的に参加して人脈を広げた。もちろん、全国区での研究会にも多端のなか参席して知見を深めた。いろいろな地方のさまざまな医師と知り合いになれた。診療のほうでも、浩介の飾らないざっくばらんな性格が患者を惹きつけた。

そしていつの間にか、浩介は大前医師の技量を抜いて、聖ルカ病院眼科部のトップドクターに成長していた。大前はそういう浩介を充ち足りた微笑を湛えて見守った。山川教授とはあれ以来プッリと縁が切れた。なるようにしかならないのだ。

さらにうれしいことに牧子が妊娠した。子供を授かるためには、生理的要素のみならず、住んでいる環境も大きく影響するのだろうか。大宰府は「市」とは言えども、天満宮があるおかげで、街そのものに落ち着きがある。これが「受精」へと導いてくれたのではあるまいか？　夫である浩介の、多忙ではあるが生きがいを抱いた仕事ぶりと、深淵へと落ちてゆく夜の営みの調和がもたらした、それこそ「愛の結晶」だ。

出産予定日も割り出された。浩介もいっそう診察に手術にと邁進した。

そして予定日に三日遅れた、十月十日の体育の日に、牧子は無事女の子を出産した。出産の現場に浩介は立ち会った。厳粛な時間が流れ、一個の生命の誕生の神秘を味わった。泣き声が耳をつんざいた。浩介が父となり、牧子は母となった。家庭が出来上がったのだ。浩介はこの児のためにも診療に専念せねばと決意を新たにした。産褥の牧子の手を握ると、亡くなった父がなぜか思い浮かんだ。今度は自分が父親なのだ。浩介、三十七歳のときだ。

菅原道真を祭る大宰府にちなんで、真子と名づけた。

真子を抱く牧子の笑顔は仕事から帰宅する浩介の疲れを吹き飛ばしてくれた。大前とはもう一緒にはビールは飲まず、わが家で咽喉を潤すようになった。もう一生、大宰府で仕事を続けようと決意を固めつつあった。牧子も、適当な人口で由緒ある観光地であるこの街が気に入ったようだ。大都会で暮らすのもひとつの魅力だが、こうした中規模の都市にもひとを魅了するものがある。みなせこせこしてないのだ。もし、伝統というものがそれを裏打ちしているのなら、京都で学生時代を送ったときにもそれを感じ入ったことだろうが、京都盆地は大宰府よりずっと広かった。やはり土地の面積もそこに暮らすひとたちになんらかの影響をおよぼすのだろう。

大宰府は、文字通り、自分の「居場所（帰れる場所）」になってくれそうだ。出産が一因なのは自明だ。子供が生まれるという結婚後に訪れる当たりまえのことを、その当たりまえの機会に恵まれなかった浩介と牧子にとって、それが現実となったことは、この上もない歓びだ。

エピローグ

ベトナムの眼科医療に携わってから、もう十年近くになる。浩介も五十歳に手の届く年齢になった。真子も十歳の誕生日を迎えることになる。牧子はマンションのベランダでしていた、ミニトマトの栽培を、一戸建ての家の庭に移して手入れに余念がない。トマトのほかに、キュウリやナスビを植えている。真子も手伝っている。生意気盛りだが、二週間おきにみる娘の成長には目をみはるものがある。

ゴールデンウイークには思い切って一週間、ハワイに出かけるのが恒例となっている。浩介のお目当ては二つある。ひとつはむろんサーフィンだ。牧子も腕を上げた。真子にも少しずつだが教えている。他方、例の膝だ。宿痾《しゅくあ》と言ってもよいだろう。もう整形外科には行かず、サーフィンとマッサージに通っている。目を診るとき、苦痛と感じている時期はまだいいが疼痛にいたったときにはマッサージに限る。ハワイにはそうした療養施設が備っていた。

二週間ぶりに帰国すると菜園の話で持ち切りだ。それを聞きながら浩介の口許はゆるんだ。「家庭」って、「家族」っていいなあ、としみじみ思う。牧子も真子がいるので、浩介は安心して旅立つことが出来る。子はかすがいとはよく言ったものだ。

その頃、浩介に民放のテレビ局から出演依頼が二件舞い込んだ。「熱情大陸」と「カンブリア神殿」だ。

「牧子、どうしようか。受けたほうがいいか、あるいは断るか？」

「コーちゃんの気持ちはどうなの？」

「出演したら、売名行為に当たるんじゃないかって」

「あらっ、珍しい。そこらへんは図太く出来ていると思っていたけど。いくつもの勲章や受賞をしてきたじゃない。辞退もしないし、隠そうともしなかったのはあなたよ」

浩介はぴしゃりとやられた。牧子は端できちんとみていたのだ。

「きついことを仰る」

「出演したら？　あなたの『技術』と『医療に向ける志』を映像で静かに訴えるのよ」

「……。そうか、そうするか」

二つの番組はともに「ドキュメント」で、熱血タイプや、優れた仕事をしているひとに密着取材して、その働き振りを紹介するものだ。

舞台は日本で結構だ。

浩介は受託如何の期日の日に電話をし、快く引き受けさせていただくと告げた。「熱情大陸」のほうが先で、そのあと、それが放映されてから、「カンブリア神殿」の取材が始まった。

テレビ局のカメラに追われるのは慣れていないので、どことなく背中に違和感を覚えた。背後霊でもいるかのようだ。「熱情大陸」の取材は三日にわたった。これから編集作業が開始されるらしい。浩介は一所懸命だったのに、肩透かしをくらったようだ。番組は三週間後に流れた。アナウンサーが盛んに語るのは、「神の手」という、違和感のある表現だった。

この文言は、「カンブリア神殿」でも映像終了後、対談の際キャスターも口にした。まるで「神の手」ですねぇ、と。

浩介は二回ともその言葉を苦笑しながらはね返した。「人間の手」以外のなにものでもないですよ。

「『神』にまでまつりあげないでください。わたしも失敗はします。ただ、その過ちを悔いるのではなく、反省するのです」

メディアという組織には話題性がなにより大切なのだろう。そうした観点から浩介の仕事ぶりはみてほしくない。さまざまな要因がうまい具合に重なり合って、いまの浩介があるのだから。

テレビ取材は断ればよかった。妻との仲まで訊かれたからだ。

しかし、全国放映された番組にたいして浩介は責任を果たさなければならない。「カンブリア神殿」で視聴者に贈る言葉として浩介は、「プロとして重要なのは、自分自身の『未来形』を想い描いて、活動することではないでしょうか」と。

未来形にこだわっているのを、歳を重ねたものだと、いまでも膝に痛みを感ずるもうひとりの浩介がみつめていた。

参考文献

今井昭夫・岩井美佐紀共編著『現代ベトナムを知るための60章』明石書店、二〇一三年
服部匡志『人間は、人を助けるように出来ている』あさ出版、二〇一一年
服部則夫「ベトナムの赤ひげとの邂逅」(『世界新報』二〇一二年七月三日)
ファビオ・ランベッリ『イタリア的考え方――日本人のためのイタリア入門』ちくま新書、一九九九年
福祉研究会編著『使いやすい・ホームヘルパー・2級講座テキスト――第2章〈医学的知識〉』日本教育クリエイト、二〇一一年
『ベトナム医療の現状』(NPO『アジア失明予防の会』)
三野正洋『わかりやすいベトナム戦争』光人社・NF文庫、二〇〇八年
渡辺誠『もしも宮中晩餐会に招かれたら――至高のマナー学』角川・テーマ21、二〇〇一年
「海を渡る赤ひげ」第一回~第六回(『読売新聞』二〇一一年五月二十三日~二十八日、全六回)

＃　本作は実在の眼科医・服部匡志氏をモデルとしているが、あくまでフィクションである。
＃　NGOとは、「貧困、飢饉、環境など、世界的な問題にたいして、政府や国際機関とは異なる『民間』の立場から、国境や民族、宗教の壁を越え、利益を目的とせずに以上の問題に取り組む団体」を指す。

拙著の表紙カヴァーの「絵」をなににするかと迷ったとき、ベトナムの画家の方の作品にしようと思い立った。それで、母校の東京外国語大学に依頼した。それにたいしてベトナム語科・今井昭夫教授の口ききで、ベトナム語科出身の旅行会社経営の新妻東一氏が、現地の画家の作品をデータで当方に送信して下さった。表紙カヴァーの絵はそうやって決まったものである。その際、仲介役を果たしてくださった事務職の大澤真理子氏も含めて、三名の方々にこの場を借りてお礼申し上げる。最後になったが、このたびも未知谷編集長の飯島徹氏と編集の実務をご担当くださった伊藤伸恵氏にお世話になった。あらためて、感謝いたします。ありがとうございました。

二〇一八年立春

北摂にて　澤井繁男

さわい しげお

1954年札幌市生。道立札幌南高校を経て、東京外国語大学卒、京都大学大学院修了。イタリアルネサンス文学・文化専攻。『200号記念北方文藝賞』受賞（1984年）。小説に『復帰の日』（作品社）、『若きマキァヴェリ』（東京新聞社）、『旅道』（編集工房ノア）、『鮮血』『一者の賦』『外務官僚マキァヴェリ』（未知谷）、『絵』（鳥影社）他。文芸批評に『生の系譜』『「鳥の北斗七星」考』（未知谷）。エッセイに『京都の時間。京都の歩きかた。』（淡交社）、『腎臓放浪記』（平凡社）他。イタリア関連書に『ルネサンスの知と魔術』（山川出版社）、『ルネサンス』（岩波書店）、『マキアヴェリ、イタリアを憂う』（講談社）、『ルネサンス再入門』（平凡社）他。翻訳にガレン『ルネサンス文化史』（平凡社）、カンパネッラ『ガリレオの弁明』（筑摩書房）他。現在、関西大学文学部教授。博士（学術）。

八木浩介《やぎこうすけ》は未来形《みらいけい》

2018年 2 月20日印刷
2018年 3 月 3 日発行

著者　澤井繁男
発行者　飯島徹
発行所　未知谷
東京都千代田区神田猿楽町2丁目5-9　〒101-0064
Tel. 03-5281-3751 / Fax. 03-5281-3752
［振替］　00130-4-653627
組版　柏木薫
印刷所　ディグ
製本所　難波製本

Publisher Michitani Co. Ltd., Tokyo
Printed in Japan
ISBN978-4-89642-545-1　C0093

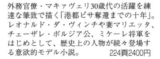